ZON

Tradução
Silvia Massimini Felix

CAMILA FABBRI

ESTAMOS A SALVO

— *Qual foi o momento mais feliz da sua vida?*
— *Quando pulei na piscina, lá do nono andar.*
Entre o quarto e o terceiro, olhei para o céu esperando ver Deus.
Não vi nada, e fiquei rindo.

CHARLY GARCÍA

*A D.B., pois disse que, para dormir,
precisava repetir dez vezes a mesma história,
e aqui estou.*

SOBRAS

*Quando os jacarés são filhotes, têm como
predadores as garças e as raposas.
Quando adultos, praticamente não têm ninguém.*
[Documentário da National Geographic]

Quando Amalia tinha doze anos, ia com muita frequência à casa de Celia, sua vizinha. As casas das duas famílias eram contíguas no bairro de chácaras. Quando o sol baixava, por volta das cinco da tarde, Amalia caminhava em linha reta por uma rua de terra até a porta da frente de Celia. Não olhava para trás nem para os lados. Ela prometera à mãe que nunca faria isso.

Naquela tarde, Amalia pôs seu vestido de linho branco e prendeu o cabelo firmemente para trás, deixando suas feições bem à mostra e permitindo que o ar acariciasse suas orelhas. A casa de sua amiga estava rodeada por grades de aço e tinha uma fachada branca, de pintura resistente à água. Amalia não conseguia passar sozinha pelo portão de entrada porque Silvio, pai de Celia, havia adotado um ano antes um filhote de jacaré que andava solto. Então Amalia batia palmas até que Celia olhava pela janela e corria para abrir a porta. A mãe de Celia assegurava que o réptil era manso e jamais faria mal a ninguém. A certeza de uma desconhecida não dava frutos nos ouvidos de Amalia, por isso ela preferia bater palmas.

O jacaré passava as horas em uma piscina de seis metros de comprimento no meio do jardim da chácara. No início, o réptil era muito pequeno, e, toda vez que abria a boca, os convidados e as convidadas da vez davam gritos de susto mesclados com ternura. Depois cresceu, como fazem todas as criaturas quando o tempo passa. Adulto, chegou a pesar uns cinquenta quilos. Ele deslizava firmemente em suas patas pela grama da chácara, grama recém-plantada, exuberante, cuidada por um jardineiro contratado.

Amalia tinha visto o jacaré de perto apenas duas vezes: na tarde em que o pai de Celia o trouxe dentro de uma caixa e ele parecia um suvenir, e agora, nesse churrasco que a família de sua amiga ofereceria no fim da tarde. Silvio estava fazendo sessenta anos e queria uma grande comemoração. A mãe de Celia convidara mais de oitenta vizinhos do complexo de chácaras e também tinha contratado um mágico profissional, daqueles que fazem uns truques não muito óbvios. Encheu o jardim com guirlandas brancas e douradas. Contratou um DJ de compleição delgada e bastante calvo no topo da cabeça. Assim que Amalia entrou na casa, confessou à amiga que fazia muito tempo que não via uma festa desse nível no condomínio fechado. Celia respondeu, toda orgulhosa, que era verdade, e lhe mostrou um tutorial na internet do penteado que queria fazer naquela noite, mais tarde, quando os filhos da família Cuarón chegassem.

    Amalia e Celia começaram a comer sanduíches de pão de miga com azeitona e queijo, e tomaram todo o refrigerante que coube no estômago até que os arrotos não lhes permitiram respirar. O sol ainda não tinha se posto completamente, mas elas dançaram e zombaram das mulheres mais velhas, conforme chegavam, falando do tanto que tinham de pele flácida.

O jacaré descansava atrás de grades douradas que brilhavam por si sós. Ninguém queria que aquilo parecesse uma jaula simples e proibitiva. Silvio mandara projetá-la especialmente para a ocasião: era um recinto imenso e limpo. Um templo. Silvio tinha certo fascínio pelos animais que rastejavam pelo solo: arrastar-se lhe parecia um ato de superação. Depois de um tempo, chegou a hora de assoprar as velinhas. Os convidados, elas e o pessoal contratado se aproximaram de Silvio e o rodearam, cantando a melodia conhecida. Silvio soprou graciosamente e levantou as mãos. Não disse palavras de agradecimento, mas bebeu uma taça inteira de vinho branco. Olhou para Amalia e piscou a ela. Amalia sorriu de volta. Era lisonjeiro que o pai de sua amiga lhe dedicasse um gesto naquele momento tão importante. Alguns convidados comeram bolo e o resto voltou ao jardim. É que lá fora estava muito agradável. As amigas dançaram uma música conhecida e soltaram os cabelos, sentaram-se na grama e se remexeram um pouco. Estavam com calor. Os filhos mais jovens da família Cuarón não saíram da mesa. Celia estava nervosa. A presença dos dois adolescentes a deixava assim. Ela disse que ia ao banheiro. Amalia ficou sozinha, rodeada de adultos fumantes. Notou que seu vestido branco havia adotado diferentes tons de verde por causa do tempo que passou sentada na grama. Seus pais, naquele momento, com certeza estariam vendo TV na sala de estar. Embora tivesse insistido, eles não quiseram vir. Amalia se sentia estranha, deslocada. Viu de longe como uma mulher com o triplo de sua idade arrancava um pedaço de carne de um espetinho usando muita força nos dentes. Quem seria essa senhora? No bairro de chácaras todos se conheciam, mas Amalia nunca a vira. Depois de um tempo, descobriu que havia muitas pessoas que nunca tinha visto, então se sentiu mais estranha ainda. O DJ calvo mudou o tom da festa e acrescentou um jogo de luzes à pista de dança, que tinha cheiro de natureza. Casais mais velhos se aproximaram da pista, mal se movendo, apenas o tanto permitido pela coluna vertebral. Amalia enrolou seu vestido em cima das pernas e notou que Silvio olhava para ela. Decidiu se afastar.

Aproveitou o momento para caminhar em direção à jaula do jacaré. Fazia quase um ano que o animal de estimação da amiga chamava particularmente sua atenção. A mãe de Amalia zombava dos pais de Celia, especialmente de Silvio: "Um jacaré? Meu Deus! Bando de excêntricos".

Com o resto do jardim decorado, o animal dentro daquela imensa jaula parecia um pedaço de cera. Amalia olhou fixo para ele. Os olhos do jacaré eram aquosos e mornos, como os de quem acaba de chorar e não quer que se note. Percebeu certa agitação no animal, queria demonstrar compreensão e passou a mão através do limiar dourado. Ao fundo, agora tocava bossa nova brasileira e alguns casais fingiam uma tontura alcoólica.

Um mês atrás, num jantar de família ao qual Amalia fora convidada na posição de "amiga que vai ficar para dormir", Silvio contou uma história de sua infância no Sul. Celia e sua mãe não se divertiam mais com essa história, mas Amalia, ao contrário, estava ansiosa para ouvi-la. Silvio falou de Moris, um vizinho reservado que vivia nas profundezas da floresta patagônica. Moris tinha o hábito de convidar todas as crianças da vizinhança para lanchar, incluindo Silvio e alguns irmãos da mesma idade. O homem prestava serviço de babá sem cobrar de ninguém, então as mães e os pais aceitavam. Silvio se lembrava de Moris com devoção, e isso surpreendeu muito Amalia. Um homem adulto comovido é algo que nessa idade pode ser perturbador. Silvio derramou lágrimas e continuou falando: contou que passava horas e horas na casa de Moris, e que o homem às vezes emprestava sua cama às crianças para que tirassem um cochilo. E que Moris, tão gentil como era com a infância, também tinha um hábito estranho: gostava de comprar ovos em incubação. Os conseguia numa granja vizinha, costumava ter caixas cheias, contava Silvio. E às vezes acontecia que, como um show, Moris gostava de esmagar um por um os ovos na mesa de madeira da sala de estar. E, depois de esmagá-los e ver o que poderia ter sido um futuro frango se esparramar, Moris sorria e dizia que tinha o poder de transformar o amanhã em restos. Que às vezes era preferível não deixar crescer. Celia perguntou ao pai por que não aproveitavam e comiam os ovos, mas Silvio não respondeu.

E continuou contando: Moris ficava com as crianças na sua casa até a noite, e às vezes lhes servia uma sopa. Sentava-os no colo e penteava seus cabelos curtos de meninos. Mesmo que não fosse necessário, ainda os penteava, dizia que assim ficavam brilhantes.

Silvio terminou a história com os olhos em um ponto fixo de seu prato de porcelana. A mãe de Celia perguntou se ele queria ir para o quarto, e Silvio disse que não. Celia continuou a comer como se aquela cena tivesse se repetido mil vezes. Silvio olhou pela janela e verificou se seu jacaré continuava esticando o pescoço. E, de fato, lá estava ele, com olhos brilhantes na parte funda da piscina. Amalia tentou imaginar Moris várias vezes, mas foi impossível. Nunca contou a história de Silvio à sua mãe ou ao seu pai. Ou a qualquer um.

Celia voltou do banheiro com um sanduíche de pastrami em uma das mãos e um copo de refrigerante na outra. Quando percebeu o que sua amiga estava fazendo, gritou para ela que não, mas Amalia a ignorou. A carícia já fora feita. O jacaré adolescente aproximou o focinho de Amalia e cheirou. O refrigerante de Celia se espalhou na grama. Amalia sorriu e Celia deu um grito agudo, um daqueles que fazem as crianças se tornarem odiosas, cheias de veias na garganta. "Pai!", gritou. "Pai, o crocodilo!"

O jacaré nunca machucara ninguém da família, mas, claro, Amalia tinha outro cheiro. Um grupo de adultos fez a mímica da catástrofe. Amalia parou de ouvir, como se alguém tivesse ativado um despertador muito agudo. Viu penteados, fivelas, cigarros na boca de homens. Recordou a quebra de ovos do adorador de crianças e o olhar perdido do aniversariante nas velas de um bolo com cara de que fora comprado. A mãe de Celia tentou aplacar a situação, tranquilizando os convidados, ordenando ao DJ calvo que reativasse os alto-falantes, as luzes. O jacaré mal tinha aberto a boca, seus dentes continuavam lá dentro.

Amalia já estava a salvo nos braços de Silvio, que a olhava como se descobrisse algo. "Você não precisa se preocupar", disse ele, "os jacarés são apenas criaturas em extinção". Amalia fechou os olhos de dor, e Silvio a levou ao seu quarto para cuidar dela. A festa continuou. Celia não tem mais lembranças do aniversário de seu pai. Tampouco de Amalia. O jacaré ainda continua no jardim da casa. A espécie não desapareceu.

METEORO

Um meteorito atinge a superfície de um planeta porque não se desintegra por completo na atmosfera.

A luz que deixa para trás quando se desintegra é chamada de meteoro.
[Documentário da National Geographic Wild]

Elisa chamou o táxi com a mão levantada, como quem tenta deter todo o tráfego de uma avenida. Eram três horas da manhã. O jantar com sua irmã se prolongara por mais tempo do que ela teria desejado. Falaram da velhice iminente da mãe, dos tremores em suas mãos e pernas, de que em breve ela precisaria parar de trabalhar e elas, então, deveriam começar a tomar conta das coisas. Se pagassem alguém para cuidar dela, a mulher poderia piorar ao se ver em mãos desconhecidas, mas o contrário obrigaria as irmãs a irem todos os dias da semana à casa de sua mãe de mais de setenta anos e manter com ela diálogos indesejáveis: quem é você, o que está fazendo na minha casa, quando vou ter que começar a pentear seu cabelo de manhã e segurar seu vestido quando você se abaixar no vaso sanitário que compramos juntas, nós, irmãs, em várias parcelas.

A irmã de Elisa é mais velha e não sucumbe fácil diante das opções de futuro. Pelo contrário. Naquela noite tomou um litro de cerveja no restaurante de tons dourados e madeira localizado no centro, até riu de sua sorte. Elisa olhou para o relógio às duas e quarenta e sete, e decidiu pagar. Elisa era nervosa, assim lhe diziam quando tinham de fazer um diagnóstico a seu respeito: queda de cabelo, ansiedade excessiva, sudorese nas mãos, perda de peso imediata se pulava uma refeição, palidez, comentários muito profundos sobre as pequenas coisas que talvez ninguém mais veja, choro com lágrimas e tudo em comerciais ou filmes da TV a cabo, fraqueza muscular, pressão muito baixa e às vezes um pouco alta por causa do presunto em excesso. Elisa parecia uma menina esquecida em um carrinho dentro de um supermercado eterno. E essa indiferença, em vez de anulá-la, a favorecia.

O taxista olhou para ela pelo espelho. "Para onde?" Lá fora, as luzes de vários lugares ainda estavam acesas. Alguns casais andavam abraçados, moleques começavam a pedir moedas com gestos mais enfáticos. Elisa deu o endereço de casa. Não prestou atenção no homem, ficou olhando pela janela. O vento a abraçou enquanto mergulhavam em ruas escuras. Quando pararam em um sinal vermelho, o taxista e Elisa conseguiram ouvir claramente a discussão entre um homem e uma mulher no meio da rua. A mulher agarrava a camiseta dele enquanto o homem falava com ela muito perto da orelha, na nuca. O taxista fez um comentário jocoso com Elisa sobre o casal, mas ela não respondeu. Olhou para baixo, para os próprios pés. Uma briga, alheia ou própria, jamais poderia tirar dela um sorriso.

O carro arrancou. Elisa olhou para a tela do celular: releu as últimas conversas com uma amiga, com a mãe, com o grupo de canto do centro cultural. Como fundo de tela, seu cão Layo mostrava uma língua comprida e caída que dava a impressão de certa tristeza que, na realidade, era bem o contrário. Layo estava sempre lá, do outro lado da porta, disposto a esperar por sua dona a qualquer momento. Nem um minuto da espera o transformava em vítima.

O taxista aumentou o volume de um rádio antigo, embutido no painel do carro: *De nuevo tú, te cuelas en mis huesos, dejándome en el pecho, roto el corazón*.[1] A versão em espanhol do cantor americano fez o estômago de Elisa revirar. Não soube por quê. Não é fácil identificar isso de tão iminente que acontece com as canções ou os aromas. Ainda estava segurando o telefone quando pediu ao taxista que mudasse de estação. O homem se negou. Disse que gostava muito dessa música porque a entendia, que ele sabia que havia uma versão em inglês, mas gostava desta. O que a letra dizia o emocionava muito e ele queria ouvi-la até o fim.

Elisa coçou o braço e se arranhou, ato digno de seu sistema nervoso. O taxista cantou: *Me sacas de las malas, rachas de dolor. Porque tú eres, tu ru rú, el ángel que quiero yo*[2] e olhou para a garota melancólica pelo espelho retrovisor. O homem estava comovido. Elisa sentia-se estranha.

Agora andavam por uma rua mais escura que a anterior e o taxista quase não parava nos semáforos vermelhos. "Por que está com tanta pressa?", Elisa perguntou, e o homem respondeu que não estava, muito pelo contrário, mas ele gostava de dormir tranquilo sabendo que agradava aos seus passageiros.

Elisa leu disfarçadamente a placa de regulamentação. Era estranho estar sentada no banco de trás sabendo que o espelho

---

1 "Mais uma vez você penetra nos meus ossos, deixando-me com o coração partido no peito", em tradução livre. [N. T.]
2 "Você me tira das más fases de tristeza, porque você é, tchu-ru-ru, o anjo que eu quero", em tradução livre. [N. T.]

retrovisor permitia que o homem tivesse uma vista panorâmica, para não dizer total, do que estava acontecendo ao redor em toda a sua extensão: tanto no banco de trás quanto em outros carros que andavam ao lado do seu nas ruas. O homem estava no controle. Elisa leu: "Luis Serbio, argentino, 14/09/1954". Observou: careca no topo, mas com restos de cabelo longo mais abaixo, perto da nuca. Um pequeno elástico branco prendia seu cabelo, formando um rabo de cavalo fininho como a morte. Luis Serbio era bastante pálido também, mas parecia alguém hipertenso. Talvez fossem seus gestos, a força dos braços no volante, as veias salientes nas laterais do rosto, nas têmporas.

No rádio, agora tocava a parte instrumental da música na versão em espanhol e Elisa continuava com o estômago revirado, não sabia se por causa do excesso de velocidade do carro ou pela letra tão estranha que falava de um anjo, que podia ser uma menina que morreu ou simplesmente as qualidades de alguém muito amável. *De nuevo tú te cuelas en mis huesos.*[3]

"Sim, meu nome é Luis." Elisa ficou alarmada. O taxista olhou através do espelho e ela voltou a coçar os braços de nervoso. "Você não precisa ler, pode me perguntar diretamente." Elisa forçou um sorriso. "Você quer que eu pegue a avenida ou seguimos direto por esta?" Elisa respondeu "avenida" baixinho, mas Luis a ignorou.

Elisa pegou o telefone e ligou para a irmã, que morava a poucos quarteirões do restaurante em tons dourados e madeira no qual tinham jantado. Isso a deixou muito irritada, era sempre ela que tinha de ir para a área dos outros. O que define a área de alguém? Sua própria casa?

---

3 "Mais uma vez você penetra nos meus ossos", em tradução livre. [N. T.]

Agora Luis baixou o volume do rádio e voltou a olhar para Elisa no espelho. "Você é jovem, ou nem tanto? Daqui eu não vejo direito." Elisa voltou a forçar um sorriso. Não responderia a essa pergunta mal formulada. Estava colada à porta do veículo e travava a mandíbula. "Você está pálida", Luis disse, e ela tocou o rosto. "Está passando bem?" A conversa já tinha ficado íntima demais. Nos táxis, os temas costumavam ser mais universais, pensou Elisa. "Eu sou naturalmente pálida", disse ela. "Não seja mentirosa", ele respondeu.

Agora Elisa não tinha ideia de onde eles estavam. Já passava das três e meia da manhã e sua irmã não atendia o telefone. "Onde estamos?", perguntou. Luis não respondeu; em vez disso, aumentou o volume do rádio outra vez. A voz de um jornalista cansado dava os números da Loto.

O carro não parava, como se a cidade fosse infinita: e era. Elisa já não tinha ideia de onde estava sua casa. Chamou todos os números de telefone possíveis no celular, mas ninguém atendeu. Tinha apenas meia barra de bateria. Não queria demonstrar angústia — tinha a capacidade de guardá-la, como uma tartaruga talentosa. "Luis, por favor, eu preciso chegar em casa." O taxista olhou para ela no espelho retrovisor. "Sabe como eu resolvi fazer essa tatuagem?", ele disse, e apontou para um desenho irreconhecível que tinha no braço esquerdo, logo abaixo do ombro. Elisa não quis olhar. Luis acendeu um cigarro para contar. Agora o carro entrou em uma rodovia que desembocava em uma avenida central. Luis falava sem parar e Elisa estava ficando enjoada. Pensava na mãe, no anel da irmã batendo no copo gelado de cerveja, no calor, em seu coração batendo loucamente lá dentro, cercado de coisas cor de carne. Elisa jogou a cabeça para a frente, segurou a testa e vomitou a cerveja no estofado. "Moça, você está bem?" Elisa não conseguiu responder, a saliva do malte selou seus lábios. O carro em nenhum momento interrompeu seu trajeto.

Eles andaram cerca de vinte minutos por uma rodovia quase vazia em pleno verão noturno. No ar, o cheiro de vômito. Agora Luis olhava para Elisa no retrovisor e sorria. Parecia não se importar com o cheiro. Elisa tentava respirar fundo e era estranho: a paisagem a acalmava, mas não conseguia se esquecer de que era levada à força por um careca de cabelo comprido, que cheirava a cigarro e certamente faria algo de ruim com ela. Mas o quê?

Seu telefone estava desligado fazia dois pedágios, e o sol começava a brilhar à distância. "Lá está, o sr. Febo", disse Luis. Elisa não responderia mais nada. Deixaria aquele homem falar. Já estava com os braços totalmente arranhados e seu coração batia como em uma maratona de corpos fora de forma. "Você está mais corada", disse Luis, enquanto sorria com um cigarro no canto da boca. "Fico muito feliz com isso."

Elisa fechou os olhos, não conseguiu determinar por quanto tempo. Quando os abriu, já estava totalmente de dia e na beira da estrada havia campo, campo e mais campo. Ela viu algumas vacas ao longe e cartazes publicitários de erva-mate para perda de peso, ou de seguro de automóvel com um desconto significativo. Ao seu lado, no assento, havia uma garrafa de água fresca. Elisa tomou um longo gole enquanto se perguntava se Luis tinha parado para comprar ou o quê. Ele continuava dirigindo com o mesmo ímpeto de sempre, como se estivesse à procura do destino de sua passageira. Parecia que estava fazendo seu trabalho.

Quando o sol ficou bem forte, o carro entrou por uma estrada de terra. "Não estamos longe da capital", disse Luis. "Não tenha medo."

Agora a estradinha era muito estreita e dos dois lados havia grama seca e alta e algumas casas com persianas fechadas e crianças sentadas em bancos, recém-despertas, tomando água de garrafas de plástico ou leite em canecas com desenhos de super-heróis. Elisa viu cães magros e gatos gordos. Também ouviu grilos ou algum tipo de inseto colado ao vidro do táxi. Não viu adultos na área.

Luis parou em uma dessas casas. Elisa ainda estava enjoada. Sentia como se estivesse sentada ou imóvel havia horas, e que naquele carro o vaivém era infinito. Fazia muito calor, o mesmo que Elisa tentara evitar na noite anterior, quando decidiu comer em um restaurante com ar-condicionado, forçando sua irmã a escolher um lugar com essas características. Luis desceu do carro. É difícil saber a altura de um motorista de táxi, mas agora Elisa tinha a oportunidade. Deu a volta no carro e abriu a porta para a passageira. Convidou-a a descer. Ela ainda não entendia. Agora o coração batia pouco, a pressão arterial tinha baixado demais. Precisava de açúcar. "Você perdeu a cor de novo", ele disse a ela. Voltou a pensar em uma viagem pela estrada, ocorrida havia alguns anos; Elisa pensava nisso com frequência, especialmente quando tinha febre. Ela estava sentada no assento de trás e sua mãe dirigia enquanto fumava um cigarro atrás do outro. Ouviam rádio, uma música conhecida, daquelas que viram moda, e em um instante testemunharam a colisão diante de seus olhos: um carro incrustado dentro de outro, como se tivessem se magnetizado, como se estivessem destinados a se encontrar. Saía deles uma grande quantidade de fumaça, e uma roda, que havia sido ejetada do veículo, girava sobre si mesma, porque é isto que as rodas fazem, elas giram, têm que girar. Nem Elisa nem sua mãe jamais souberam quem estava nos carros. Aumentaram a velocidade e continuaram dez quilômetros na mesma estrada. Não se falavam. Deixaram que as imagens fizessem seu trabalho.

    Luis ajudou Elisa a andar. Entraram em uma casa pequena, mas agradável, com ar fresco e refrigerante na geladeira. Luis ajudou Elisa a sentar-se em uma cadeira de madeira e pegou um copo de vidro. Elisa encheu os olhos: revistas esportivas inundavam a mesa da cozinha, inclusive formavam uma montanha em uma cadeira, como uma presença de papel. Um relógio de parede estava parado às cinco horas da tarde ou da madrugada. Pela janela em cima do fogão da cozinha entrava uma luz sépia, típica de casa de avós ou de sala de estar de tia-avó com um problema cardíaco. Era uma casa totalmente silenciosa, às vezes alterada pelo ruído de um cortador de grama ou uma mosca-varejeira. Enquanto Elisa bebia o refrigerante que Luis lhe trouxe, as lágrimas enchiam seus olhos. A porta da casa permanecia aberta. "Uma tomada?" Luis indicou com um gesto e Elisa conectou o celular. Ouviu ruídos de objetos de cozinha indo e vindo, era Luis preparando um café da manhã completo. Elisa o viu se movimentar e voltou a se deter na tatuagem que ele tinha no braço, agora nítida: o símbolo do infinito. Como uma viagem que não acaba, pensou.

    Houve um momento de silêncio em que apenas se ouviu o abrir e fechar da porta da geladeira, o bater de algumas panelas, a tesoura ao abrir a caixinha de leite, uma cafeteira, o clique de uma torradeira. Ao longe, colado com fita adesiva e olhando fixo para ela, o rosto de um jogador de futebol muito famoso decorava a parede acima da cama de Luis. Alguém mais na casa, pensou Elisa.

    "Posso fazer uma ligação?" Luis disse que sim e lhe passou o telefone. Elisa discou o número de sua mãe. Depois de três toques, do outro lado apareceu a voz, entre rouca e aguda, deste mundo e de algum outro: *Quem é?* Elisa a ouviu respirando. Ela olhou para Luis, que agora estava servindo três torradas em um prato fundo e ovos mexidos em uma tigela de vidro. *Elisa, é você?* Elisa desligou o telefone. Não sabia o que dizer ou o que fazer. O futuro estava agora um pouco mais turvo.

Depois do café da manhã, Luis convidou Elisa para sentar-se nos degraus da frente da casa. O sol estava brilhante. "Não se preocupe, não estamos muito longe da capital", repetiu. "Não tenha medo." Elisa foi encorajada a olhar em seus olhos pela primeira vez. Luis Serbio era um homem dividido entre o desejo e a ação, desmedido e transbordante. Na comissura de seus lábios se acumulava saliva, e suas sobrancelhas arqueadas lhe desenhavam um gesto infantil, anterior à adolescência.

Luis contou a Elisa que atrás de sua casa vivia uma matilha de cães que latiam à noite. A primeira vez que você os ouvia era assustador, mas aí você se acostumava. Ele disse que muitas vezes apareciam filhotes pedindo comida e que ele se virava para alimentar todos eles. Que ele imaginava que um dia aquela matilha povoaria toda a área e isso seria tudo culpa dele. Que ninguém, nunca, deveria saber que ele era responsável por deixar todos aqueles cães correrem, morderem, conquistarem.

Em velhas cadeiras de praia, os dois olharam para o céu. "Lá em cima, sempre pode haver um fenômeno superior", disse Luis entre risos, e semicerrou os olhos. Elisa o imitou. Adormeceram. Antes de entrar de novo no carro, deram uma volta pela lagoa. Era meio-dia e os mosquitos os comiam. Molharam os pés, os tênis. A tatuagem do taxista brilhava ao sol. O desenho de um carro infinito. Nenhum deles disse uma palavra.

Enquanto viajavam de volta à capital, Elisa se acomodou no banco do passageiro. Luis riu mostrando todos os dentes quando notou que, durante todo aquele tempo, o taxímetro seguia ligado. "Essa foi a viagem mais cara da história." Elisa mal sorriu. Dos dois lados, novamente, ela viu o campo e as vacas vivas. Em seguida, os cartazes publicitários de chá para emagrecer, os primeiros pedágios e a imponência dos primeiros prédios de apartamentos minúsculos, ligados entre si. Ao entardecer, a rodovia já estava cheia de carros e, quase à noite, depois, a avenida principal surgiu com toda a sua gente curvada e seus problemas silenciosos, mas distinguíveis. Luis Serbio deixou Elisa na porta de casa. Ele disse "tchau" e seu carro se afastou entre as luzes da avenida. Elisa não se despediu. Naquela noite, ou talvez em alguma outra, sonhou com uma sequência de acidentes rodoviários, um atrás do outro, sem parar, como em um vídeo policial. Sonhou com um mostruário de calamidades de um canal de notícias. Por exemplo: que um homem dirige um carro em alta velocidade por uma estrada durante a noite, em um país estrangeiro. Cinco carros policiais o perseguem a toda a velocidade até que o homem se arrepende — ele percebe que não há escapatória — e sai correndo do veículo com as mãos para cima. Corre a toda a velocidade entre carros que freiam para não atropelá-lo. Pede misericórdia. Aqueles que estão vestidos de azul não se apiedam, perseguem-no até alcançá-lo. Jogam-no ao chão. Eles o algemam. Eles o imobilizam. Sufocam-no. Acabam com ele.

TRISTE REINO ANIMAL

Extinções em massa aconteceram há milhões de anos. Tantas que a própria vida teve tempo de se repensar, deixando para trás criaturas que se perderam para sempre nos reajustes de um mundo vivo, muito jovem, inexperiente e mutável.
[Documentário da National Geographic]

Faz dois dias que tomo café da manhã sob este guarda-sol. O silêncio me acompanha, embora de vez em quando eu ouça alguma onda quebrar. É a ruptura que faz barulho. A praia do Sul argentino é tão binária, tão de inverno, mas de paisagem, janeiro e fevereiro. Fecho os olhos para que o sol me cubra de outra cor e minhas mãos tremem, de novo. Deixei a medicação na mala do hotel. Vou fazer o exercício de não me importar. Ainda tenho vestígios de juventude nas maçãs do rosto. Puxo os cabelos para trás. Estou passando uma boa imagem.

Duas jovenzinhas penduram luzes sobre estruturas metálicas, e o diretor do filme inventa ângulos com a câmera. Podem ficar por um tempão assim, até horas. Fecho os olhos e imagino coisas. A mesma coisa que acontece comigo durante a noite com a insônia, aquele fazer de conta.

Viemos rodar um filme de uma mulher que caminha muito pela praia, ao entardecer. Acontecem outras coisas, como perder a chave de casa e não a reivindicar, então ela anda e anda até que encontra um pescador e os dois parecem se apaixonar, mas no fim não, para ele na verdade acabam sendo mais importantes os peixes besugos e as abróteas. E por aí vai. Tenho que passar muito tempo ao sol nessa filmagem, então, quando posso, descanso. Peço copos de água que me trazem, intermitentemente. Também peço vinho e uvas, para ser redundante. Ou sorvete de frutas.

    A equipe técnica trabalha com viseiras para não ter insolação; todos sobem escadas, descem, correm, gritam, dão ordens. Alguns me espiam, especialmente aquela parte de meu corpo que transborda na superfície da cadeira de praia. Estão esperando que a atriz mostre sinais de idade. Aqui estão eles: o tremor, a pele seca e rachada na lateral dos pés. São meus cinquenta e tantos, deixem-nos em paz.

    Atrás de um grupo de guarda-sóis posso ver uma coisa loira e alta. O que é? A juventude? Anda de bermuda e sorri. Com os olhos semicerrados por causa dos raios de sol, consigo seguir seu percurso pela praia. De vez em quando, olha para mim. Paro de prestar atenção nele e fecho os olhos outra vez. É tão fácil piscar. A areia, quando chega com o vento, pinica minha cara. A *juventude* se aproxima e me pergunta se estou pronta para o microfone, digo que sim. Olho para ele. É um cara alto e loiro que levanta minha camiseta e coloca um cinto em mim que marca minha cintura. Com uma fita dupla-face, cola o centro do microfone em meu peito. Pergunto-lhe quantos anos tem e ele me diz que vinte. Vinte? É incrível a relação que existe entre idade e autonomia. Lembro-me de mim mesma trancada em casa com essa idade. Ele respira em minha nuca e também me pergunta se estou me sentindo bem. Respondo que sim. Essa é uma pergunta que todo jovem, aqui, deve me fazer. Não pode acreditar que está pondo o microfone em mim, diz ele. Que se lembra de quando interpretei a chefe de uma equipe de médicos em uma novela de um canal da televisão aberta e que sofreu muito, ressalta esse *muito*, quando, por causa do roteiro, fui atropelada por um carro e morri na mesma hora. Sem um depois, sem uma cena de hospitalização ou agonia. Agradeço a ele, que sai todo feliz. Criatura do céu: não precisa dizer tudo o que você pensa, tão embolado. As sandálias ficam grandes nos seus pés.

"Você acha que as Feliway fizeram efeito?", Julio me pergunta enquanto dá uma garfada e limpa a barba com o guardanapo. Respondo que sim. Que estou certa de que na nossa casa anterior eles tiveram mais dificuldade em se adaptar. Ele me diz que, antes de ontem, o gato se aproximava dele, mordia suas pernas e depois exigia que o acariciasse. "Uma criatura confundida pelo extrator de feromônios, obviamente", ele me diz. "Com certeza está surtindo efeito." Olho para ele e sorrio. A verdade é que estou pensando em outra coisa. Faz tempo que é difícil para mim ouvir o que Julio tem a me dizer. Agora falamos da gata. Do quanto a amamos, de como ela é dócil. De como é apaixonada por mim. Como se nossos bichanos tivessem nos escolhido, também dizemos isso. Nos mudamos há uma semana e ainda não conseguimos encontrar a localização de todas as coisas dentro deste apartamento. Há um peso, embora leve, que sinto no peito toda manhã, e é a angústia de ter comprado um espaço tão grande só para nós dois. Ou para os quatro, porque com os mamíferos somos quatro. Depois de tantos anos de casamento, desperdiçamos nossos almoços discutindo as personalidades felinas sem saber. É preciso ir vacinar a gata, ele me diz com os olhos abertos de espanto, aquele gesto que os torna ainda mais redondos. "Vacina de quê?", digo. "Não sei, mas eu tinha marcado. Temos que vacinar a gata." Bebo o último gole de água deste copo que comprei há uma semana. Não voltamos a nos falar durante todo o dia. Embora habitemos o mesmo espaço, é tão grande que não nos cruzamos mais. Estamos tão juntos e tão separados aqui dentro.

É como se os olhos azuis se evidenciassem apenas na juventude, na face de ângulos marcados, como uma escultura de efeitos especiais, como um Rambo menino meio branco e de cabelos grossos que vai para cima como se alguém exigisse. Não digo um Rambo por causa dos músculos, mas pela autoconfiança, ainda que seja ossudo. Quando toda a equipe de filmagem compartilha o jantar, às vezes descubro que ele está me observando. Suas costas são eretas e ele não tem de fazer muito esforço para conseguir isso. Lá vai ele. Caminha como um personagem de um filme de rua, do hip-hop americano, das fábricas e dos portos. Do que eu gostaria? De me deitar com ele em uma das camas de colchas amarelas e cobertores vermelhos deste hotel. Deixar a TV ligada para que ninguém se dê conta. De olhar para ele bem fixo nos olhos, porque seu corpo inteiro sobre o meu não deve pesar nada. Seu corpo de palito loiro. Ele me olha porque vê em mim a médica-chefe do hospital particular da série do canal da TV aberta. Falamos sobre isso durante o jantar. Conto-lhe coisas sobre mim, para que ele se esqueça do avental branco, dos óculos, do nome que eu tinha nessa produção de TV. Enquanto a empregada do hotel tira os pratos da sobremesa, eu lhe digo que gostaria de olhá-lo nos olhos por um longo tempo, tocar suas costas, passar os dedos pelo torso fino e sedoso, como o cabelo de alguém que ainda é muito novo no mundo. Ele olha para mim surpreso. Insisto: gostaria de lhe perguntar se essa pinta perto do lábio é congênita ou se por acaso ele é o único portador, em sua família, de tal delicadeza.

Sentados em um sofá de dois lugares, vemos como o gato macho tenta montar na gata. Mesmo que sejam castrados, eles geralmente brincam disso. Aproveitam até que aquele mordiscar das partes se transforma numa luta — por falta de diálogo, de discussão. "Você acha que eles vão fazer isso por muito tempo ainda?", pergunta Julio. Ele não gosta de não entender se os gatos desfrutam daquilo ou sofrem. "Há cinco anos que eles convivem, deviam se dar bem." É o entardecer de um dia de semana e nossa nova casa dá para uma avenida. Julio fuma um cigarro e me oferece outro. Também nos acostumamos a isso. Não temos filhos, mas fumamos. Lá fora, uma fila de carros e ônibus faz o que pode para evitar a colisão. "Você acha que a gata se sente mal com isso?", ele insiste. Respondo que não sei. De qualquer maneira, gosto de ver como eles armam e desarmam as agressões.

Quase toda a equipe de filmagem se retirou, mas a atriz ficou conversando com o engenheiro de som. Tomamos uma taça de vinho cada um. Ele gosta que eu narre, então eu narro. Como alguém que tece várias imagens para ajudar a dormir: que aumentaríamos o volume da TV do meu quarto de hotel e ele, em cima de mim, roçaria meus mamilos duros. Eu pediria a ele para fazer isso com delicadeza; como faço quando tomo banho de manhã, como faz a água quando leva embora o sabonete. Aquela espécie de carícia morna que a ducha provoca quando não cai com força. Aquele sem querer, aquele por acaso. Tocaria um mamilo primeiro e, ao mesmo tempo, me olharia nos olhos. Não estou acostumada com esse azul, a verdade é que nem gosto tanto, mas esse jovem tem algo especial. É um adulto feiticeiro no corpo de um estudante de engenharia de som. É uma futura viagem às estrelas. Depois do dedo, com certeza, continuaria com a ponta da língua. Então ele interrompe minha história: "Vamos conversar lá no jardim?".

Ainda não pusemos lustres em nosso apartamento. As lâmpadas estão nuas no teto. A luz pode ser sufocante e faz calor, então decidimos não acendê-las. Estamos no escuro e um ventilador de pé balança nossos cabelos. Nossas alianças de casamento são de ouro de poucos quilates, sempre estão frias, faça a temperatura que fizer. Abraço Julio pelas costas e ele corresponde ao gesto. É a primeira vez, em todo o dia, que estamos no mesmo espaço da casa. Agora a gata grita e o gato arranca um pedaço de pelo do pescoço dela. Eu mal dou risada, não é a primeira vez que ele faz isso. Arranca um chumaço e o joga do lado de seu corpo, para continuar mordendo-a. Ela grita, de prazer ou desconfiança. Talvez de arrependimento. Não faz nada para sair de lá de baixo, fica ali, exercendo aquele som ensurdecedor. Julio se irrita e grita com o gato. Não, ele diz, não e não, chega. O gato olha para ele desconfiado.

Ele me oferece uma bebida vermelha. Eu aceito. Ele me diz que quer continuar escutando. Pergunto-lhe: "Onde eu parei?". Ele repete, com nitidez, minha última frase. Então continuo: depois da língua grossa derramada em meu peito como leite morno, o movimento se tornaria cada vez mais brusco. Em cima de mim, mas vestido, você me mancharia com seu fluido interno, e eu, agora, tiro sua camiseta e descubro uma tatuagem cujo significado você já me explicou ontem na praia, entre as tomadas. Eu lambo a tatuagem como se a desenhasse novamente, outra vez, cada vez melhor. Um desenho molhado em cima de outro perpétuo. Agora você abaixaria a calça de moletom que marca tão bem seu quadril, o começo da bunda. Você está sem cueca porque sabia, imaginava, que a fêmea adulta e desesperada, a do cabelo curto e das pernas grossas, bateria em sua porta para lhe pedir que a noite não transcorra na solidão. Você sabia, desde o Aeroparque você sabia, que nossos corpos se encontrariam enquanto aqui fora, no jardim do hotel, as mangueiras noturnas são ligadas para cobrir tudo com gotas que refletem o fraco raio dessa pobre lua. E eu, com meus trinta anos de diferença, olho para seu corpo de jovem tão branco e delicado, e te digo que é inexplicável o que você germina. Que eu me sinto elementar por querer a mesma coisa que todos querem. E você vai rir mostrando uma fileira de dentes de leite perigosos, que dizem tantas coisas ao mesmo tempo, que me alcançam a calcinha e vão descendo pouco a pouco, até deixá-la debaixo de tudo, ali, ao lado dos pés que estão descansando há algum tempo.

 Você interrompe o relato e enche meu copo com mais líquido vermelho. Minhas mãos já começaram a tremer outra vez. Eu as escondo sob a jaqueta. Não lembro como, mas já estamos dentro de meu quarto. Há algo aterrorizante neste hotel do Sul à noite.

A gata repousa na poltrona que trouxemos de nossa casa anterior e o gato olha para ela de cima da mesa. Julio continua a inventar hipóteses sobre seu mau comportamento. Percebe que minhas mãos tremem. Tremem muito, como se fossem correr uma maratona por si próprias. E ganhá-la também. Estão dispostas a isso. "Acho que as Feliway não fizeram efeito", diz Julio enquanto se dirige ao banheiro. Tem dificuldade para sair do sofá porque a barriga dele está doendo. Também não acredito que um conta-gotas de feromônio para gatos resolverá um problema tão arraigado. Julio volta com meus comprimidos e um copo de água. Passa a mão pela barba, aquele gesto tão seu que indica sono. Sinto vontade de chorar ou de quebrar algo, mas isso só pioraria as coisas. Tomo o comprimido e respiro fundo. O tremor para.

O que mais? Agora você brinca com os pentelhos de meu púbis. Você inventa apelidos para ele e eu dou risada. Imploro para fazermos silêncio. Que ninguém saiba sobre essa merda de diferença de idade. Que ninguém saiba do seu osso sobre o meu. Sua língua está fora da cova novamente. Essa criatura pegajosa, esse alienígena móvel. Agora entra em mim e caminha devagar, como alguém que acabou de chegar a uma praia muito vazia onde o mar cresceu o suficiente para comer quilômetros de areia. Mergulha lá dentro, como se tivesse um grande espírito aventureiro. Toma banho comigo, porque me bebe e ao mesmo tempo me molha. Estamos deixando enormes evidências nesses lençóis. O engenheiro de som me penetra com mais intensidade. É o hormônio adolescente que fala e diz coisas. Minha vagina é sua agora, faz parte de sua estrutura. É sua maneira de se comunicar.

Continua navegando. Agora agarrou os lençóis e eu só posso gritar, porque o que ele me faz é inédito. O jovem procura e encontra. Estou na ponta de algo — um teto — muito alto e consigo ver uma cidade inteira, à noite, com luzes em varandas e janelas. É enorme essa cidade, percorrida por várias rotas de carros e caminhões, tantos caminhões. Há também cabos com postes de luz. Posso ver tudo em um segundo. O funcionamento de um conglomerado de coisas. Consigo ver a vida de todos os adultos que convivem e fumam, e gozo. Termino. O grito é evidente. O prazer é atual. O jovem olha para mim com olhos travessos entre minhas pernas rosadas e sorri mais uma vez; vou pedir a ele que pare de fazer isso. Agora sobe até minha boca e a conquista de novo. Ele é um campeão de Fórmula 1 que não precisa de capacete. Sua boca é rápida e se choca com meus dentes, me provocando dor. Somos dois que nos damos prazer, mas também nos marcamos, com a fome de alguém que não trepa há muitos meses. O beijo é duradouro e molhado, às vezes delicado. Digo a ele que o amo e ele diz que também me ama. Que não entende como, sendo tão diferentes. Não entende como, tendo nascido em 1997, pode me amar. Digo-lhe que naquela época eu tinha trinta anos. Ele me pergunta como eu era naquela idade. Respondo que a mesma que agora, um pouco mais baixa. Que tinha acabado de me casar com Julio num cartório no centro da cidade, em um dia de calor de trinta e cinco graus. Penso essa última coisa, mas não a digo. Ele sorri. Diz que sou a coisa mais linda que já viu em muito tempo. Eu me pergunto o que *a coisa* significa: algo sem condição ou de uma espécie secreta.

    O adolescente, agora macio e ainda loiro, já está dentro de mim. Rolamos pela cama que um funcionário do hotel limpou esta manhã. Sua pica do ano 1997 dança e golpeia, e eu lambo suas orelhas pedindo que não saia, que fique a noite toda lá dentro, repetindo aquele passo de dança. Ele chupa de novo meus peitos repetindo que eu sou uma *coisa*, que meu corpo é feito de *coisas*, que minha genética e a sua e essa cama no meio do Sul da Argentina. Somos um desenho animado impactante, grudado. Somos dois cães nos quais foram jogados vários baldes de água sem sucesso. O desprendimento não é uma possibilidade. Nós dois sabemos que isso não é um romance duradouro, mas algo especial, único, em minha vida adulta e em sua pequena vida.

    O jovem goza e eu sinto seus fluidos lá embaixo. Não me importo. Um chuveiro irá levá-los. Continua olhando fixo em meus olhos. Ainda há timidez nas palavras. Me abraça e penteia meu cabelo, continua me descobrindo. Me garante que este foi um momento de felicidade. Digo a ele que para mim também, também, também, mas que pare de pentear meu cabelo. Que não toque no meu cabelo. É hora de ir para o quarto dele. Tem de dormir sozinho. Temos de limpar essa bagunça de saliva e esperma. Ele diz que sim e me beija de novo. Não me deixa tempo para falar. Tem vinte anos. Não sabe o limite. Não entende que essa fixação no corpo do outro sempre tem um fim.

Julio me dá um beijo no rosto, anuncia que vai dormir. Retribuo o gesto. Ele me deixa sozinha numa sala de estar imensa e antiga, sem luz, com o barulho de carros e caminhões que passam na rua. Me chama a atenção a quantidade de caminhões de lixo que rodeiam nossa área. O gato está se aproximando da gata, novamente, como se fosse uma presa muito estimulante. A verdade é que não entendo por que ele continua fazendo isso se está castrado. Se eu ainda fosse aquela médica, a protagonista do programa da TV aberta, talvez tivesse uma resposta. Mas não sou. Ele a está mordendo de novo e a gata grita, talvez mais agudo. Ele insistiu no pescoço, como os cães quando vão dar o golpe final, mas não tenho cachorro, tenho gato, e o gato está indeciso entre brincar e matar. Vejo um fio de sangue. A gata olha para mim. Sou sua favorita no mundo humano, por que não faço nada? Julio grita, vem correndo, o tanto que lhe permite a barriga. Esta casa é tão grande que o trajeto da cozinha até aqui leva muito tempo. A gata fecha os olhos.

O engenheiro de som levanta-se da minha cama de hotel e vai ao banheiro. Não consigo mais me mexer. É tão delicadinho e branco e pequeno. Olho para a bunda dele, da mesma cor que a parede. Ele lava o rosto no banheiro e volta. Se inclina ao meu lado e quer me beijar mais uma vez. Garoto atrevido e indomável. Acaricio seu cabelo e imploro para ele ir dormir, que amanhã continuamos trabalhando. Que amanhã nada disso pode ser notado no rosto de nós dois, embora tenhamos o corpo cheio de marcas e fluidos alheios. Ele lambuza meus peitos com saliva novamente e eu o abraço. Peço calma e silêncio. Eu o embalo. Digo-lhe que amanhã é outro dia. Que amanhã voltaremos a ter trinta anos de diferença. Que a única coisa que viemos fazer aqui, neste espaço único, é trabalhar. Que somos um acaso, uma noite.

Ele está triste e nu. Eu o ajudo a se vestir. Parece que vai chorar. Digo-lhe que o amo; na verdade, que eu poderia tê-lo amado, mas em nível cronológico isso não pode acontecer. Ele sorri para mim. Ao lado da cama transpiram as duas taças de bebida vermelha. Somos dois amigos agora. Somos dois amigos envoltos em esperma e saliva, uma com muito passado e outro com muito futuro. Amanhã tomaremos café da manhã com os olhos cansados e caminharemos com alguma distância. Houve algo magnético aqui. Algo que enquanto começava já estava terminando.

Antes de ir de vez, ele fica sentado quieto por um tempo aos pés da minha cama. Bebe um copo de água da torneira do banheiro. Me pergunta sobre minha vida adulta, meus cinquenta e tantos. Conto a ele. Que tinha dois gatos e um marido, mas que certa noite eles foram embora pelos telhados e que, por mais que os tenha procurado por todo o bairro, nunca mais voltei a vê-los.

NIÑOS MUITO FORTES

Há casos de eventos climáticos muito fortes,
chamados Niños, que mudaram o curso do clima
do planeta: capazes de remodelar paisagens
ou provocar o desaparecimento de sociedades.
[Documentário da National Geographic Wild]

1

Viu o anúncio pela internet: "Doa-se um gato preto e branco de quarenta e cinco dias. Foi abandonado à porta de uma farmácia na avenida. Está sujo e magro, precisa de carinho, um banho e uma limpeza manual contra pulgas".

A carta de apresentação interessou bastante a Emilio, que morava sozinho havia um ano e, todas as vezes que seu filho o visitava, ele sentia que o garoto ficava entediado do jeito que só uma criança pode ficar. Pensou no gato como um ímã para a casa do pai solteiro, do homem maduro separado que teve um único filho porque perpetuar o relacionamento não era mais possível. Quando Cristian chegou à casa de seu pai naquela tarde, viu no monitor a foto do filhote molhado e instantaneamente disse que sim.

2

Cristian tem oito anos e mora com a mãe. Desde os cinco anos pratica esportes orientais de defesa pessoal: caratê, judô, aikido. Varia entre um e outro. Cristian tem um corpo muito desenvolvido para a idade e seu pediatra suspeita que isso se deva à sua fidelidade ao esporte.

Ao lado de sua cama de solteiro, afixado na parede, um pôster mostra a imagem de um menino loiro abraçando um homem vestido de palhaço. O menino chora e o palhaço, com um gesto ameaçador, o acalma. O plano de fundo da imagem mostra uma floresta sombria, o que dá a entender que a criança está perdida e a única presença que terá durante um trecho muito longo de árvores pontiagudas será aquele adulto que passa os dias se maquiando no camarim de um circo. O pôster foi dado pelos pais a Cristian quando ele era bebê e desde então está pregado ali. Embora não tenha certeza, Cristian sente que o quadro é desolador. Não entende por que empapelaram o primeiro mundo desse modo.

Antes do lanche, Cristian olha pela janela de seu quarto de filho único. Na varanda há uma tartaruga de um ano dentro de uma caixa de sapato. Custou horrores ao pai conseguir a tartaruga. Ele teve de fazer uma viagem de carro até um brejo, assim ele disse, para trazê-la para ele. E ali está aquela pedra viva, alternando as horas entre dormir e respirar.

Agora sua mãe lhe traz um leite com achocolatado, mas sem biscoitos doces, eles não são aconselháveis para os esportes do Oriente. Cristian obedece, come biscoitos de arroz. Ele gosta de chupar o canudinho embebido no leite com chocolate enquanto olha para o homem disfarçado do pôster. Quando a campainha toca, ele sabe que é seu pai, que terá de se apressar para pegar a mochila para evitar que uma batalha olímpica comece entre ele e sua mãe. Quando sai do quarto, sua mãe lhe dá um beijo molhado na bochecha. Cristian odeia aquele líquido que vai secando com o ar. Arrasta-o pelo rosto, atinge-o, faz com que desapareça.

3

Uma vez no apartamento de Emilio, Cristian olha como a pequena bola de pelos se vira debaixo da cama. Com as unhas novas, vai rasgando a base do colchão. Lança miados em volume baixo como se sua garganta estivesse atrofiada. Cristian e o gato funcionam no modo pet naquela casa, com o estado inédito trazido pela separação. Móveis que cheiram a limão, lâmpadas sem instalar, fios desencapados pendendo do teto. Emilio entra na sala e pergunta ao filho se não quer pensar em um nome para o gato. Cristian olha para a bola de pelos. Fica auscultando-a, alguns minutos, até que parece encontrar algo. A partir de agora, diz ele, vamos chamar o gato de Niño.

4

Niño fica enredado na jiboia que pende de um vaso recém-comprado. Ele já tem cinco meses. Emilio o repreende em voz baixa, mas o gato continua miando incongruências. Então o acaricia e percebe em sua pelagem uma parte sem pelos, com a pele exposta. Pensa que deveria levá-lo ao veterinário, mas depois de um tempo se esquece.

Naquela mesma noite, a mãe de Cristian toca a campainha. É dia de semana e Cristian tem de dormir na casa de Emilio. A mulher pede ao ex que, por favor, não lhe dê tantos carboidratos para comer, uma vez que os professores de aikido lhe recomendaram substituí-los por vegetais verdes.

Emilio e Cristian comem pizza fria sentados em uma mesa também recém-comprada, com o plástico que ainda pende de uma das pernas. Niño mia para ser notado, mas ninguém lhe dá atenção. Cristian boceja. Emilio dá tapinhas na cabeça do filho, o cabelo liso e forte de quem chegou ao mundo recentemente. Cristian agradece o gesto com um sorriso e pergunta se pode levar o gato para dormir com ele. Já dá para notar: o carinho está nascendo rápido, como o mato. Emilio hesita, a baba do felino perto do corpo de seu filho adormecido não parece muito higiênica. Cristian insiste, enquanto levanta Niño bem alto e o faz girar no ar. Emilio diz que sim porque nunca tinha visto seu filho girando sobre si mesmo com aquele sorriso na boca.

5

Emilio e Niño passam várias horas por dia juntos no apartamento. Emilio trabalha sentado no computador. Niño o acompanha. A pele sem pelos se vê cada vez mais nas costas do gato, e Emilio diz a si mesmo que logo haverá tempo para cuidar disso. A verdade é que acabou de se mudar para aquela casa e a última coisa que está pensando é em procurar um hospital veterinário perto da residência. Acaricia o animal de estimação e tudo parece voltar à normalidade. O silêncio de Niño é algo que foi naturalizado meses atrás, como uma dor no pescoço.

6

Toda vez que Cristian dorme na casa do pai, leva o gato para sua cama. Antes de ir se deitar, Cristian pratica chutes de judô, simula palavras do Oriente, agacha-se e agradece. O gato olha para ele com implacável parcimônia. Emilio espia o bichinho e o filho através da porta entreaberta. Bisbilhota sua propriedade infantil em uma cama de madeira pinus que ele comprou em várias parcelas. Observa que, à noite, o gato dorme muito perto do rosto de Cristian, e que, além disso, está engordando. Será que está comendo demais e ele não percebeu? Como pode não notar esses detalhes?

    Uma manhã, pai e filho tomam um café da manhã rápido para não se atrasarem para a escola. Na TV, uma mobilização enorme grita em uníssono e abre bem a boca. Cospem, franzem o rosto, caminham com determinação para a frente. Emilio abre e fecha a geladeira com uma velocidade nervosa. Não sabe muito bem o que está fazendo. A mãe de Cristian repetidamente chamou sua atenção pela falta de responsabilidade, o chegar tarde, a inculcação da falta de pontualidade no filho único que compartilham. Emilio não faz ouvidos moucos, nesta manhã está inquieto. Mal consegue preparar torradas e leite com achocolatado para o filho. Mal consegue tomar dois goles de café. Cristian tem os olhos inchados de ter dormido profundamente. Antes de sair, Emilio acaricia o gato e descobre que o pelo cresceu onde antes faltava. Isso lhe dá um grande alívio. Ele comenta com o filho, mas Cristian mal responde. Pendura a mochila ao contrário. Está meio grogue. Agora Niño tem um ano de idade e desenvolveu uma pelagem invejável, patas fortes, uma saúde única.

7

Tarde da noite, Niño corre atrás de uma bolinha de papel amassado com uma energia incomum. Assim que a agarra com a boca, entrega-a de volta às mãos de Emilio. Ele se surpreende. Jamais acreditou que poderia gerar essa simpatia em uma criatura tão silenciosa.

8

Um mês depois.

9

Enquanto Emilio penteia Cristian para levá-lo ao seu treino de aikido, vê que falta cabelo em algumas partes da cabeça. Não diz nada. Cristian parece não ter notado. A lesão é idêntica à que Niño tinha algum tempo atrás. Nessa mesma tarde, pensa Emilio, levará a criança ao médico. Ou é o gato que ele deveria levar?

 Emilio confere seu próprio corpo, seu próprio couro cabeludo, mas não encontra nada fora do normal. Enquanto se desespera de inquietação, Niño cada vez mais gordo toma sol na janela. De tanto em tanto, boceja. A cautela que demonstra parece roubada.

10

Alguns dias depois, Cristian acorda com uma crosta branca no lado da cabeça. Emilio a toca com nojo, é viscosa. Cristian diz que não sente nenhum desconforto, que quer voltar a dormir. Falta às suas aulas de aikidô. O gato fica ao lado da criança a tarde toda. Não se move dali. Emilio liga para o hospital veterinário, mas ninguém lhe responde. Quando a noite cai, a mãe de Cristian toca a campainha do apartamento. Veio buscar o filho. Tem essa urgência das mulheres que descobriram, de repente, a falta de tempo. Emilio vai abrir a porta para ela e os dois não trocam uma palavra. Uma vez lá dentro, a mulher abraça o filho com força, como se fosse uma despedida. Emilio sugere que ela amanse esse afeto porque poderia sufocá-lo. Cristian mal abre o olho. A mulher, pela primeira vez em meses, obedece. Niño também exige carinho da mãe e ela corresponde, acariciando seu lombo. O gato ronrona alto, como se algum vizinho próximo tivesse ligado um grande motor. Cristian começa a respirar entrecortado.

11

É uma noite escura. Mal se veem cinco estrelas da janela do apartamento de Emilio. O calor desacelera as coisas, como se tudo estivesse parado. Emilio desceu a uma banca para comprar cigarros para ele e chocolate para o filho. Cristian está na cama há dois dias, seu quarto está bagunçado. Joga um ratinho de plástico para Niño, mas ele, ao contrário do denominador comum dos gatos, não o pega. Cristian insiste, uma, duas, três vezes mais. Niño observa Cristian fixamente. Crava os olhos nele, como se tirasse uma fotocópia. Pela primeira vez, Cristian tem medo de seu animal de estimação. Niño lança um longo miado que ecoa por todo o prédio. Cristian desvia o olhar dele. Aquele gato branco e preto não parece mais encantador, não há nada nele que valha a pena salvar, é apenas uma questão de fazê-lo permanecer, e isso o aborrece e o assusta em partes iguais. Cristian liga a televisão e assiste aos desenhos que se animam ali. Niño adormece.

12

Emilio e a mãe de seu filho choram desconsoladamente, de vez em quando ela solta gritos que Emilio tenta conter com abraços. Os brinquedos, pastas, camisetas e joysticks do PlayStation formam um desastre multicolorido no quarto de Cristian, na sala de jantar, na cozinha. Uma hora antes, Emilio e sua ex-mulher reviraram o quarto do menino com a esperança de encontrar alguma pista. A mulher não consegue se acalmar e Emilio não pode ajudá-la. De vez em quando, ela molha o rosto com a água morna que sai da torneira do banheiro. A mulher pergunta reiteradas vezes: por quê?, como?, onde? Na delegacia, insistem que é preciso deixar o tempo passar, que as estatísticas mostram que as crianças perdidas sempre voltam, sempre encontram um jeito. Que não se deve subestimar uma criatura que fala.

No noticiário da meia-noite, uma pequena chamada indica que está desaparecido Cristian B., jovem promessa para as olimpíadas de caratê júnior nos torneios olímpicos sul-americanos. Niño olha para a tela com interesse e, de vez em quando, fecha os olhos. Está tão gordo que ocupa duas almofadas do sofá que seu dono comprou há alguns dias numa grande liquidação com aquele valioso cartão de crédito. Emilio pensa que a última criatura que viu Cristian foi o gato.

13

São sete e meia da manhã. O telefone de Emilio soa com um toque que emula sinos agudos colidindo uns com os outros. Do outro lado, uma voz cristalina, de hábitos saudáveis, diz: "Oi?". É o professor de caratê de Cristian. Quer saber por que o garoto está faltando às aulas. Obviamente, homens saudáveis não veem televisão. Emilio inventa uma viagem para muito longe, diz que mãe e filho precisavam de férias. Quando Emilio desliga, percebe que suas mãos tremem.

14

Na sala de espera do hospital veterinário, os assentos de fórmica estão congelados. Foi uma longa noite. Uma das lâmpadas de luz branca começa a piscar. O ultrassom do gato não deu o resultado que esperavam, e menos mau: esse resultado só podia caber no mundo dos sonhos.

Emilio fica desconcertado, a ex-mulher dorme sobre uma bolsa. Uma enfermeira se aproxima para perguntar se eles estão bem. Emilio responde que sim com um movimento da cabeça. Diz que está cansado e se arrepende de ter tido uma crise de choro naquele espaço minúsculo. Lamenta que cães, gatos e bichos de todos os tipos tenham se alterado por seu tom agudo. Lamenta que tenham mordido suas coleiras, os pulsos de seus donos. A enfermeira desta vez não responde. A verdade é que não sabe mais como tratar esse homem determinado a fazê-la abrir o estômago de seu animal de estimação.

15

Emilio apagou todas as luzes, mas lá estava ele, ao lado da cama, o Niño luminoso. Teve de fechar os olhos e fazer força para dormir, pois era ofuscante.

À PROCURA DE UMA CASA

Ao cair da noite, as tartarugas marinhas se orientam pela luz da lua. Agora tudo brilha e as confunde. Além da luz, as tartarugas se movem com base no campo magnético da terra e em outros métodos que não conhecemos. Apenas algumas poucas conseguem chegar.
[Documentário da National Geographic]

O professor de educação física dispõe dez bambolês no diâmetro de todo o pátio coberto. Nós, os alunos, assistimos a isso. Gostamos de vê-lo desdobrar o corpo, algo que ele domina, sua especialidade. Uma vez que dá por finalizada essa simples tarefa, convida-nos a jogar. Temos de ocupar os aros como se fossem nossas casas. Começamos a correr. O número de aros é equivalente ao número de meninos e meninas. Eu corro e logo me falta o ar, minha pressão cai. É minha fraqueza prematura. Uma vez que ele dá a ordem, conseguimos executá-la perfeitamente. Todos nós encontramos nossa casa. Agora, o professor remove um dos aros. Fala para começarmos a correr de novo. É a desculpa para nos manter em movimento: nesse pretexto começa a aparecer a diversão. Não consigo mais correr, mas ainda tento. Esse é meu motivo. Não consigo conceber ainda a ideia de esporte como saúde. Ele nos ordena que paremos e todos nós procuramos nossa casa. Chego tarde, me disperso. Vou entendendo como sou: nesse estar em outro lugar, pensando em outras coisas, perdi. Fiquei sem casa. O jogo tem esse nome. O professor de educação física brinca comigo e me dá as instruções. "Você ficou sem casa. Espere do lado de fora para que o jogo comece de novo." Eu o escuto, então me sento e meu corpo descansa. Minha pressão se regulariza, meus batimentos cardíacos diminuem. Descubro que a atividade física não fará parte de minha estrutura, e tampouco a posse de uma propriedade.

Encontro um vídeo na internet no qual uma velha amiga da escola primária tenta dar uma aula de meditação ayurvédica com sua voz gravada. As imagens no vídeo são aleatórias. Tigelas que se tocam, montanhas tibetanas ou do Sul da Argentina, cães que correm, cavalos que olham para a câmera, homens e mulheres em roupas esportivas. Nada tem sentido. Faz dez anos que não tenho notícias da minha amiga. Chama-se Ana e morava com os pais em um apartamento que ficava a dois pontos de ônibus do meu. Não sei onde mora hoje.

    A primeira vez que fui à casa dela, senti cheiro de tinta fresca e contrato recente. Ana tinha muita força no corpo, especialmente nos braços. Ela se gabava de saber muito sobre o temperamento humano, como uma atribuição natural. No vídeo, de vez em quando se ouve ao fundo alguém movendo uma cadeira. Reconheço sua voz, lembro-me dela rindo dos outros, levando-me com ela para zombar dos detalhes. Convida você a se alongar, repete muitas vezes que você tem de fazer o que o corpo necessita, soam algumas tigelas: o som da medicina oriental. Deixa muito ao acaso, por exemplo, que cada um registre aquilo que é agradável, necessário. Sinto que minha amiga de antigamente é um pouco exigente com isso que ela diz, com esse vídeo que ela deixou plantado no mundo. A primeira coisa que havia perdido foi sua voz, agora eu a tenho em um vídeo de internet, convidando-me a inspirar profundamente, a localizar os pontos de apoio no chão. Eu devia ter suspeitado disto: as caminhadas eternas em busca de incensos especiais, de panos coloridos, e a reiteração de conselhos de como eu deveria viver para não me tornar, algum dia, esse feixe de nervos.

Eu sempre fui à casa de outras pessoas. Abri a geladeira na ausência dos pais, me servi de leite e bolachinhas. Olhei para cada objeto. Imaginei os donos comprando aqueles objetos, esbanjando dinheiro. Decorando.

No ano novo, aparece uma promessa. Ele me conta que vai comprar uma pequena propriedade na costa atlântica e que no futuro gostaria de entregá-la a mim. Não sei como agradecer, proponho que brindemos com taças de cristal. Isso que as pessoas fazem quando combinam algo. O dia parece especial, aquele tipo de dia que será diferente de todos os outros. No verão seguinte, ele me envia fotos suas no mar, a quarteirões da propriedade. Parece magro e elegante, caminha na praia, pesca na margem, faz uma careta deitado em sua casa matrimonial. Pergunto-lhe se a proposta de me dar a propriedade ainda está de pé, e ele para de atender o telefone por vários dias. Entendo, então, que tenho de parar de falar sobre isso. Passam-se mais de dez anos. Meu pai lança as palavras e depois as esquece. Meu problema com o silêncio é que chega sempre como uma alternativa a ter desejado demais.

Vejo um amontoado de cães pretos em uma calçada estreita no centro da cidade. Não consigo distinguir, acho que são três. O curioso de vê-los nesse revoluteio mais típico do reino dos pássaros é que não distingo se eles lutam corpo a corpo, ou se é apenas uma simples brincadeira. Não sei se devo me preocupar ou apreciar, render-me ao sorriso, ao relaxamento do rosto. Continuo observando, perpetuo o momento. Vejo patas compridas que se mostram, bocas das quais jorra a saliva espessa, transparente, mas branca quando se une como um coágulo. São como um lar permanente. Algo violento e cansado. Uma mulher mais velha faz o mesmo que eu, observa-os enquanto segura sacolas de supermercado. Em seu rosto, a reação ainda não está definida. Somos duas nessa revelação: ela e eu.

Nunca falamos com minha mãe sobre a vergonha que tínhamos de trazer alguém para casa.

Agora, com meu parceiro, percorremos as planícies de uma província remota, onde há sobretudo árvores e casas distantes umas das outras. Já é noite. O centro não passa de dez quarteirões. Compramos alguns artesanatos em uma feira: um colar para a irmã dele, um vestido laranja para sua mãe e um par de brincos para mim. Toda a composição fica melhor na pele bronzeada. Aprecio essa cor que não durará mais de uma semana. Ouvimos a rádio noturna. O locutor está a ponto de adormecer, mas ainda não é tão tarde assim. Achamos engraçado. Já estamos no trecho em que não há luz elétrica, não conseguimos ver nada. Tudo ao redor são silhuetas, uma ponte sobre um rio estreito e rochas. Ouve-se o rio, parece uma fonte de um bazar moderno, um daqueles objetos que se ligam na tomada. Os faróis do carro apontam para um homem que anda pelo acostamento. Ele está com uma camiseta de um time de futebol famoso. Anda e cobre o rosto porque nossos faróis o ofuscam. Pobre homem. Não há nenhum acostamento neste trecho tão estreito. O homem fica na frente do carro. O problema é espacial. Ele fala conosco, posso ver que pronuncia vogais e consoantes, palavras que uma vez todos nós aprendemos, lá nos primeiros anos de vida. Move os braços, a camiseta de futebol amassada. Meu parceiro aponta para ele e me diz algo que não entendo. O homem está cada vez mais nervoso, percebo sua agressividade pelas veias do pescoço. Não entendemos o que ele diz. É um desses homens mais velhos, mas que ainda conservam o ar dos vinte, como se tivessem ficado presos àquela parte da vida. Meu parceiro olha para ele atônito. Não entendemos o que quer de nós esse homem na escuridão. Quer que a gente saia do carro? O caminho está bloqueado. As veias do pescoço do homem da camiseta inflam de novo. Ele olha fixo para nós. Não há nada que possamos fazer. Dependemos de seu corpo. Não nos permitirá avançar em direção à casa que alugamos.

    Minha mãe me liga para perguntar o que fará no dia em que seu contrato de aluguel for rescindido. Respondo que isso nunca vai acontecer, jamais. Que por ato de magia ou de finais felizes, sua poltrona sempre ficará naquela sala.

    Ela não me responde.

Conversamos por telefone do aeroporto. Julia parece ter amanhecido melhor. Antes que seu avião decole, ela me envia uma fotografia da capa de uma revista em que aparece o rosto de seu antigo amor. Ela a encontrou esquecida no banco do passageiro, essas publicações que são facilmente jogadas fora. Julia encontra a foto e chora tanto que sua visão fica embaçada. Lá está aquele homem de meia-idade que, sem razão aparente, fugiu para novas cidades com as mãos na cintura. Aquele homem que abandonou a casa que tinham construído para procurar faíscas de reconhecimento em outro lugar. Não consigo dizer a Julia algo que se destaque da resposta universal. Que sinto muito. Julia aperta a revista enrolada contra o corpo e desliga o celular. O que será da vida daquele homem que desaparece? O que será da vida do rosto impresso em uma revista dominical?

Assisto de novo àquele antigo programa da televisão brasileira: o piloto de Fórmula 1, bicampeão, no canal infantil de televisão. É um programa matinal com uma cenografia caótica. Há um excesso de cores e texturas. Há a timidez em um esportista heroico: posso vê-la. Não são os pixels do televisor, é seu rosto próximo à ideia de ter uma nova namorada, a apresentadora. Talvez já tenham passado a noite juntos em um hotel muito caro, mas o primeiro encontro não elimina a tensão posterior. Ainda não se estabeleceu a confiança, nem mesmo nos hotéis com tantas comodidades. A apresentadora do programa matinal para crianças segura o microfone perto dos lábios do aclamado atleta, pergunta o que ele quer que o Papai Noel lhe dê de presente. Ele responde que um beijo dela e, instantaneamente, parece uma das crianças convidadas para o programa. Uma daquelas que ainda não completaram oito anos, mas chegaram ao canal convidadas pela própria rainha dos baixinhos depois de ter lido sua carta. Aquela remessa postal em que a criança distribuiu três traços pobres e indicou que aquela obra de arte colorida a giz de cera era ela. E a senhora da fama, entusiasmada com esse presente, envia convites originais para essas crianças irem ao set e dizerem formalidades no microfone. Quando o atleta para de falar, a mulher dos seios duros de boneca lhe estampa um beijo na bochecha, outro no início do lábio e outro mais próximo do pescoço. E o piloto, que em breve morrerá com o pescoço partido ao meio na curva de Tamburello, em uma corrida em Ímola, agradece, beijado e com uma excitação que é impossível de esconder — mesmo em horários permitidos para menores de dezoito anos — em um canal que desconheço do Brasil. Quando as câmeras se apagarem, eles vão se despir e dizer um ao outro as mesmas coisas que todos nós dizemos uns aos outros. Eu vi pela televisão, eu testemunhei: aqueles corpos se encontraram como quem chega em casa depois de um dia exaustivo.

Na minha família, ninguém é proprietário.

Jaime completa dez anos e a mãe faz uma festa no apartamento onde os dois moram sozinhos. Faz uma hora que o grupo de amigos de Jaime está reunido lá dentro. As persianas estão abaixadas porque viram um filme, mas já acabou. A mãe esqueceu de subi-las novamente, ainda poderia entrar um pouco de luz do sol. Beberam refrigerante, comeram salgadinhos e doces. Agora se reúnem todos na sala. De vez em quando gritam. Tento animar essa festa como posso, uso uma fantasia de muitas cores; mas é inútil, mal me veem. Samuel, um amigo de Jaime, teve de vir à festa com seu irmão mais novo porque os pais não tinham com quem deixá-lo. Samuel fica envergonhado por tais combinados, mas não fala nada. O grupo de meninos transpira ao mesmo tempo e fica descalço. Ajudo a mãe a acender as velas do bolo na cozinha, uma por uma. Nos concentramos muito nesses palitos de fogo. Ouvimos gritos, como de costume, até que ouvimos choro. A mãe entra rápido na sala, enquanto o cão morde suas pernas. Abre a porta e encontra o irmão mais novo todo desgrenhado e tímido, derrubado perto da porta. Pergunta o que aconteceu. Uma convidada diz a verdade. Todos concordaram em sentar-se em cima do irmão mais novo porque era divertido de assistir como ele ficava sem ar, sem espaço, até fazê-lo perder totalmente a compostura e começar a se desesperar.

Finalmente chega meu primeiro contrato de aluguel. Já tenho vinte e cinco anos. Posso ouvir o caminhão da coleta de lixo passando pela calçada. Esses são meus dejetos agora. Sempre nesse horário. Como meu gato é preto, ele está camuflado com os quartos cuja luz apaguei. Amanhã eu teria de limpar a cozinha. Os inquilinos anteriores deixaram fogos de artifício antigos no armário. No instante em que os descubro, lá fora uns homens carecas gritam gol. Eu deveria me livrar imediatamente desses perigos.

Isso também pode ter outra leitura.

CARROS FAMILIARES

A aparência de um homo erectus *era muito diferente da de hoje. Eles tinham o corpo quase completamente coberto de pelos, mais grossos, densos e compridos que os nossos. É precisamente nesse período que se acentua a mudança biológica de redução de pelos no corpo, que já vinha acontecendo lentamente um milhão de anos atrás. Essa era pré-histórica coincide com a descoberta e a domesticação do fogo. A perda de pelos foi uma vantagem evolutiva.*

[Documentário da National Geographic Wild]

Do lado direito da porta da igreja, consigo ver lá dentro. A menina de vestido branco com apliques que ela mesma desenhou caminha ao lado do jovenzinho loiro de não mais que vinte anos. Atrás deles, um rastro de pessoas bem-vestidas aplaude e sorri ao mesmo tempo, com a água das lágrimas sem importância. Ninguém atira arroz.

A noite não é de verão. O salão fica a poucos passos de distância da igreja, evidentemente algo planejado. Uma mulher de tailleur nos pede os nomes: nós os damos. Meu nome não está nessa lista, sou a acompanhante de alguém. Subimos pelas escadas em caracol de madeira até encontrar um primeiro andar com tapetes de cor bordô. Mais mulheres de tailleur nos pedem os casacos e nós os damos. Em troca, nos dão cartões com números. Não podemos deixar de obedecer às ordens de pessoas uniformizadas. Mais ao fundo, posso ver um balcão de bebidas cercado por um espelho estridente. Impossível não se olhar, então olho para mim mesma. Esta sou eu: uma pobreza de ossinhos, uma completa falta de convicção e apoio. Meu olhar, a raiz do meu cabelo ralo, a forma que o tecido do meu vestido encontra de cair, inclusive os sapatos opacos, sem brilho. Isso é tudo que consigo ver.

Uma mulher de meia-idade com um decote profundo passa por mim e nos chocamos. Seus peitos parecem de verniz: quanto cuidado para um corpo, penso. Ela está usando uma tiara com apliques brilhantes. Nem sequer me pede desculpas pelo choque, as anatomias firmes não precisam se rebaixar. Eu a vejo entrar no banheiro com uma curva perfeita, como fazem os carros de design inovador recém-saídos das concessionárias.

"O que você está olhando?", meu parceiro me pergunta enquanto pega minha mão. Respondo que nada. "Quer beber alguma coisa?" Já devo ter dito a ele um milhão de vezes que o álcool não é meu amigo, mas ele não consegue memorizar. Insiste para que eu deixe a bebida fazer algo comigo. O barman também está de terno e evidentemente não sente dor quando faz tatuagens. Em cada volteio de seus braços posso ver os desenhos triplicando-se. Flores carnívoras, caveiras, escudos de times de futebol que desconheço. Ele me serve um copo com um líquido marrom pouco tentador, mas amargo. É bom. Meu parceiro enfia na boca uns salgadinhos, de vez em quando cospe algum palito de dente. Conversa com seus amigos sobre coisas que incluem esporte, homens lesionados ou hospitalizados, diretores técnicos que são melhores que outros pelo simples fato de que, naquela manhã, acordaram estimulados.

No salão não há mulheres com quem falar, e me pergunto desde quando só posso trocar ideias com elas. É que os salões o estabelecem assim, com sua clássica divisão espacial para os banheiros, inclusive a parte homem ou mulher nos armários. Vestido longo ou calças. Fim da história.

Deve ter passado mais de meia hora. O perfume delas começa a se liquefazer no ar e eles já afrouxaram as gravatas. Então a descubro. Ouço-a sendo chamada de *Lidia*, e ela anda, magra, em minha direção. Suspeito que tenha cerca de sessenta anos, e usa um vestido azul que tudo que faz com seu corpo é evidenciar a estrutura óssea. Identifico vértebras sacras, coccígeas, ísquios. Ela continua vindo em minha direção, mas algo a detém: um bebê de quase um ano de idade que está aprendendo a andar e agarra-se a cada perna que o atravessa. Lidia o levanta no ar e lhe dá três beijos na bochecha. A criança sorri, mas insiste que a solte para se espalhar no tapete novamente. O que mais me chama atenção em Lidia é, e isso não sei disfarçar, seu cabelo. Embora o topo da cabeça não apresente grandes problemas, a quantidade é minúscula. Tem tão pouco volume que cai duro para baixo. Mal chegando aos ombros, dobra-se para cima porque um penteado com secador o deixou assim. Existem apenas trinta fios ralos que, obviamente, se viram em apuros com a exigência do penteado para o casamento. Posso sentir a solidão desses cabelos e, ao mesmo tempo, a insistência de Lidia em fazê-los parecer lustrosos, flamejando sobre seu crânio.

Os sinos tocam e os noivos chegam. Pisam confiantes porque são jovens e na manhã seguinte vão pegar um avião às praias azuis. A noiva transborda boa genética, o noivo nem tanto. Eles sorriem e, de vez em quando, voltam a chorar. Os pais e as mães também sorriem, se pudéssemos diminuir o volume da música ouviríamos apenas seu estado de espírito. Soam melodias modernas em inglês que falam de felicidade, estradas livres e mulheres de maiô.

    Meu par volta. "Você comeu alguma coisa?" Respondo que sim, que os frios estavam deliciosos e os combinei com queijos do campo. Ele assente e volta a se retirar. Ainda tem muitas coisas para conversar com seus amigos. Eu o vejo recortado atrás de uma coluna, está enfiando um *choripán* na boca. Pinga gordura em sua camisa branca. Ele se entristece, mas não interrompe esse diálogo que o mantém tão vivo, tão agarrado ao presente que construiu, tão fiel a si mesmo e ao que espera do mundo.

Somos convidados a descer algumas escadas e sentar às mesas que foram dispostas para nós na entrada. Agora uma orquestra toca músicas clássicas. Duas mulheres de vestido longo cantam em inglês, sorriem quando passo por elas. Suspeito que riem porque sou tão pouca coisa. Na mesa ao lado está Lidia. Percebo-a silenciosa, atenta à música ao vivo. Duas mulheres sentadas ao lado dela são agora as que brincam com aquele mesmo bebê. São irmãs, digo a mim mesma, todas as três são tão parecidas. Lidia é a mais velha. As outras duas também têm poucos cabelos, mas pelo menos ainda brilham em tintura amarela. Sorriem. Estão com colares de pérolas. Um homem com um babador abraça uma das gêmeas loiras. Agora eu entendo tudo, é o pai do bebê e essa loira é a mãe. Ou por acaso será a outra?

    Meu par me abraça por trás. Oferece-me agora uma bebida branca. Está tão embriagado que não consegue me olhar nos olhos, e isso que ainda nem começamos a jantar. Ele me pergunta de novo: "Você está bem?". Respondo que sim com a cabeça, embora claramente não acredite em mim. Seus amigos fazem bolinhas com o pão e atiram-nas na cabeça dele. Essa brincadeira continua por cerca de meia hora, exatamente todo o tempo que o jantar dura. Depois soam os primeiros acordes de um som de cúmbia, ou talvez de salsa, e as luzes se apagam. Como que por obrigação, pois nesta festa estamos hipnotizados pelo costume, os comensais se dirigem ao meio da pista e delineiam as primeiras curvas com os corpos. Posso ver que algumas meninas fazem isso muito bem, então prefiro desviar o olhar. Sinto-me mais aliviada pelo erro.

Um homem mais velho se balança com tanta animação que suspeito que seu coração não vá aguentar a noite toda. Eu também danço, porque fui convidada ao casamento. Meu parceiro me olha nos olhos, sorri para mim, busca minha satisfação. Tento dar-lhe isso, então finjo que me divirto. Seus amigos nos cercam, alguns já tiraram seus mocassins. Dançam, dançam, bebem, bebem. Sem interrupção, a música se detém e em três telas que nos rodeiam aparece uma sucessão de fotografias dos recém-casados. Agora a banda soa novamente, acompanhando essas imagens. A noiva pré-adolescente com aparelho nos dentes. O noivo esquiando no Sul. A família de ambos se abraça na cozinha, com a comida toda espalhada na mesa. Uma avó abraça a neta, que é a que hoje se casa. O noivo outra vez, agora com seus primos mais novos metido em uma piscina inflável em uma chácara bastante quente. As imagens são tantas, mas tantas. As fotografias não param, e agora os noivos já têm cerca de quinze anos e são vistos juntos, abraçados, com a Torre Eiffel atrás. Posso ver seus pais sorrindo, pensando: "Que alegria que meu filho" ou "Que alívio que minha filhinha". Finalmente, a foto nos mostra os dois abraçados à porta do cartório, não sorridentes demais, com um caderno vermelho. Nessa foto, sim, há pessoas jogando arroz.

As luzes se acendem e os noivos tentam imitar as poses das fotos. É como se fosse a única coisa que eles vieram fazer aqui esta noite. Ninguém os ouve falar porque todo som os encobre. É a imagem com a qual vamos ficar.

Meu par vomita no banheiro. Peço ao seu amigo que segure a testa dele. Nada de entrar em toaletes masculinos, nada de romper essa lei universal. Como não posso fazer nada além de ouvir seus jatos, entro no toalete feminino e, novamente, cruzo com Lidia. Agora está diante do espelho. Olha para o rosto com cuidado. Várias meninas retocam a maquiagem. Algumas passam de novo gel nos cabelos para simular o efeito molhado. Suspeito que será o novo grito da moda capilar. Lidia não se move. Não tem nada para retocar, tampouco lava as mãos. Entrou ali apenas para olhar para si mesma, e eu para olhar para ela. Logo depois ela sai e eu caminho atrás dela. Percebo como seus trinta fios de cabelo tremulam, agarrando-se ao crânio. Essa imagem me atrai como um ímã. Alguns idosos esperam o elevador no primeiro andar, enquanto se ouve que lá embaixo a cúmbia, salsa ou talvez a bachata soa novamente. Sigo Lidia como se estivesse ofuscada por um carro no meio da estrada ou por uma bola de fogo. Ela se une a suas irmãs. As três vão passando a criança de mão em mão. O homem do babador sorve algo transparente de uma taça de vidro. A luz é escassa: o salão agora está disposto para dançar. Lidia, impaciente, caminha em direção à pista e empina uma máscara de carnaval carioca. Percebo à distância que meu parceiro está me procurando. Eu me escondo. Finjo estar dançando e me aproximo da mulher. Não só seu cabelo é escasso, mas também seu corpo. A criança loira vem correndo e Lidia a levanta no ar. Nós três dançamos ao ritmo de um remix moderno. Eu danço com elas, embora não saibam.

Os amigos de meu par tentam levantar o noivo no alto e a noiva grita que por favor não, que ele pode cair e quebrar o pescoço. Meu par me pega pelas costas e olha fixo para mim. Ele me abraça. A coreografia da lamentação de novo. Apoio a cabeça em seu ombro e consigo ver que Lidia e suas irmãs começam a se retirar. Agora toca uma música lenta, com intenção de uniões amorosas. Jovenzinhas túrgidas abraçam meninos de terno. O coração daquele homem mais velho parece ter resistido. Meu parceiro me abraça mais forte, interrompe o curso natural de minha respiração.

Lidia vai embora.

O homem do babador adormeceu na mesa e as irmãs tentam acordá-lo. Meu parceiro agarrou meu braço e me disse que vai chamar um táxi para mim, que a noite toda eu não fiz outra coisa além de pensar em nada e tudo ao mesmo tempo, que eu sou como um carro em piloto automático, como um fantasma. Esse fantasma agora é levado pela mão por seu namorado. Volto a me olhar no espelho da recepção. Volto a não gostar do que vejo. "Deixe-se em paz", insisto, pela décima vez. A escada em caracol de madeira desce de forma circular, eu olho para ela ali do alto. Imagino-me caindo por esse buraco, arruinando a viagem de avião do jovem casal. "Você tem de fazer um esforço para parar de pensar", ele me diz enquanto suas calças caem. Quer me abraçar outra vez, mas fica enjoado. "Quero que formemos uma família e que você pare de pensar", diz.

Que graça.

Cravo os olhos na porta. Lidia, as gêmeas, a criança e o homem entram em um veículo muito novo. Caminho até eles e pergunto se podem me levar. Lidia e suas irmãs se entreolham, na dúvida. O homem já está ao volante. A criança adormeceu.

Trata-se de um carro de interior generoso, com airbag para passageiro e motorista e duas fileiras de assentos reclináveis. Cheira a limão. Lidia afivela o cinto de segurança e sorri para mim. Sei que eles estão indo para a desintegração, mas isso não me causa amargura, muito pelo contrário. Também posso dirigir esse tipo de carro. Sem hesitação, sento-me ao lado da mulher semicareca e alguém liga a rádio FM. O carro arranca, e vou embora com a família estranha.

    Meu parceiro olha para mim da abertura da porta do salão. Aceno para ele e paro de olhar. Eu já o perdi. Ele chora por causa do álcool e porque não entende. Seu futuro se foi em um carro de família. Um chapéu de fantasia desliza por um dos lados de sua cabeça. Consegue pegá-lo no ar antes que caia. Lá dentro, segue tocando música de carnaval.

CORREMOS PERIGO

*As bactérias envelhecem acumulando danos
assimetricamente. Quando se dividem,
a bactéria mãe fica mais danificada que a filha.
Às vezes, a linhagem da mãe acumula tantos
danos que para de se reproduzir.*
[Documentário da National Geographic]

    Também lhe contei que, quando olho para uma textura de círculos ou buracos muito colados juntos, tenho vontade de vomitar. Ela me respondeu que é normal, que é uma espécie de fobia da trama. Depois de me oferecer lenços de papel descartáveis que vêm enrolados dentro de um cubo de madeira, a psiquiatra me sugeriu pela primeira vez a possibilidade de tomar antidepressivos. Não soube o que responder e ela sorriu para mim. Ao sair do consultório, notei que o chão de sua sala de espera estava muito seco, mas não lhe disse nada. Na rua, começou a cair a noite, e eu entrei em duas ou três lojas para olhar sabonetes, copos, toalhas de linóleo. Todas as coisas de que precisaria se tivesse uma casa nova, mas agora não é o momento. Realmente gosto de olhar objetos de casas que vou ter, no futuro, enquanto escurece e lá fora, na avenida, também se podem ouvir algumas persianas caindo, derramando-se.
    Antidepressivos.

Desconheço o nome dessas drogas que impedem que alguém caia, que se espalhe para os lados. Nem conheço as marcas. Acho que prefiro viver sem saber.

Uma vez na casa da minha mãe, onde vivo temporariamente, acaricio meus gatos. Um lombo é liso, o outro crespo como cabelo de menino recém-cortado. Os três, eles e eu, estamos nessa convivência forçada e emprestada. Mais cedo, esta tarde, decidi fazer uma boa ação para minha mãe e lhe dei duzentos e cinquenta pesos para comprar algumas coisas. "Você não quer comprar?", disse ela. Respondi que não. Tenho tantas coisas na cabeça. Ela fez um gesto para indicar que entendia e me garantiu que compraria bife à milanesa de frango e peixe. Todo bicho morto que possa ter sabor de cozimento e especiarias.

No fim de semana descobri que minha irmã do meio, porque somos três, vai tirar o útero porque algo cresceu em seu interior. Como essas ervas daninhas que crescem nas varandas, nos telhados dos prédios muito antigos, aqueles lugares para os quais ninguém mais olha. O útero inteiro? Sim, inteiro. Deve ser pesado um útero inteiro, pesado fora de um corpo, porque por dentro, cercado de líquido, nada pesa muito.

Meus gatos gostam de jogar para o vazio copos cheios de líquido. Sentem-se bem fazendo experimentos com a força da gravidade, de novo e de novo, permanentemente, ver que as coisas caem e quebram. Que nem tudo se regenera. Que um dia algo estranho cresce dentro de nós e zás, é preciso cortá-lo. Fazê-lo desaparecer, estilhaçado como um copo no piso de madeira deste pitoresco apartamento que minha mãe conseguiu com empenho e que paga todos os meses porque ser dona não é algo que lhe tenha sido dado de graça. Antes de tomar banho, volto a acariciar as costas de meus gatos e sinto o coração deles batendo forte. Esse órgão é pequeno nos gatos, é equivalente a uma xícara de café. A uma coisinha de nada. Minha irmã do meio é a mais parecida com minha mãe: talvez sejam os olhos ou o cabelo. A estatura e a curvatura das costas.

Minha mãe voltou do supermercado e trouxe carnes líquidas e pegajosas em bandejas que transbordam de sangue. Guarda-as no freezer. "Quando você chegar tarde e não souber o que comer, pode descongelá-las no micro-ondas", ela me diz. Depois vai tomar banho. Eu ligo o rádio. As horas que passam na casa da minha mãe são diferentes, têm menos espaço. Carregam mais urgência. Tento respirar fundo.

Após o jantar, tiro a mesa. Ela fala comigo da cozinha, grita comigo enquanto a torneira faz barulho por causa da água quente que usa para desengordurar a louça suja. Eu mal a ouço. Fico muito mal-humorada por ter de perguntar o que diz quando realmente, no fundo, eu nem ligo. Ela está me pedindo um favor, e eu continuo não escutando, olho para a tela do computador. Estou interessada em ver como a menina que trabalhava comigo no *call center* cortou o cabelo e combinou aquelas calças *flare*, e me interessa também ver como o namorado de minha amiga faz gestos exagerados na frente da câmera de um celular dourado que ele mesmo segura na frente de um espelho gigante em um banheiro público, ou como se move a barriga de sete meses daquela antiga colega de escola, sempre tão reprimida e agora tão grávida. Enquanto minha mãe fala comigo, eu me perco no cotidiano dos outros, e por um instante consigo esquecer o útero, a medicação com nomes que desconheço, a cirurgia de peito aberto que meu pai fará na próxima semana — embora disso eu não fale. As bandejas de plástico que contêm carne e tantos utensílios cirúrgicos aqui, neste apartamento em pleno centro, neste recorte do habitual. Então eu a ouço e lhe faço esse favor. Subimos juntas ao terraço.

À medida que subimos as escadas, ela me confessa que muitas vezes isso lhe dá medo e que quer companhia. Não sabe se alguém pode estar espiando-a de alguma varanda, de algum telhado, se um homem seminu ou se uma criança perversa, apontando raios laser, jogando água de alguma pistola de plástico. Digo: "Mãe, por favor".

Abrimos a porta do terraço e lá eu a vejo inteira: a flora. Tem aproximadamente vinte plantas de tamanhos descomunais, entre cactos, suculentas, gerânios, dois abacateiros, uma paineira que se curou de uma febre amarela, e mais e maiores. Algumas se parecem com plantas carnívoras, digo isso a ela, que responde: "Luisa, o que você está dizendo, Luisa". Ela gosta de pronunciar meu nome. Sabe que escolheu bem. Que é um nome antigo que na modernidade se ressignifica. Minha mãe gosta de deixar claro, em voz alta, que algumas coisas ela fez bem. Então me mostra, em detalhes, o crescimento de cada uma de suas plantas. E aquela, aponta, aquela trepa sozinha. Vai para cima, porque no topo o sol bate mais, ela procura o que precisa para a sobrevivência e faz isso em silêncio. Olho para a planta e pela primeira vez no dia sinto uma vibração no peito, como quando em uma discoteca os decibéis do som excedem o que deveriam e a pessoa fica parada ali, ao lado do alto-falante, deixando que o coração no peito dê balanceios que não deve dar, deixando a pressão subir e descer permanentemente como um ioiô ou um jogo de uma praça ou parque.

Minha mãe ainda tem útero, tenho certeza de que menor, e foi lá onde nos formamos, suas filhas. Essa foi nossa primeira casa, e agora este pitoresco apartamento que ela aluga também é. Mesmo que seja temporário, mais uma vez minha mãe me abriga. Com corpo ou sem ele. E ela não sabe nada sobre a anatomia da minha irmã. Será que alguém vai contar?

Anos atrás, quarenta anos, uma mulher de cabelos cacheados por um permanente de cabeleireiro de bairro mal conseguia abrir os olhos, deitada no chão. De um olho caía um fio grosso de sangue, e em um braço tinha uma contusão violeta e roxa, das que demoram para sair e devem ser disfarçadas com maquiagem. A mulher recuperou a consciência faz pouco tempo. Diz incongruências. Nesse estado de inconsciência fala de suas plantas, é a única coisa de que tem certeza: do crescimento natural, da flora. Ela é fanática. O marido olha para ela, sentado no chão. Um pouco arrependido já, mas não completamente. A raiva ainda persiste e seu punho continua latejando. Ele sabe que não será a última vez. Assomada no batente da porta da sala dessa casa de subúrbio, uma menina de cabelo preto longo, liso e abundante olha para sua mãe inconsciente no chão e pergunta: "O que aconteceu?". O pai diz a ela que a mãe está cansada e que por isso se deitou no chão. Que ela não tem nada com que se preocupar. Mas a menina mesmo assim se preocupa, porque tem quatro anos e nessa idade um ser humano já se preocupa. A menina olha para a mãe, e a mãe não pode fazer contato visual. No quintal daquela casa abundam as plantas que trepam, há muitos espécimes à procura do sol porque sabem que estão seguros lá. E o fazem em silêncio, sem contar a ninguém. Sem chamar muita atenção.

A menina que olhava para a mãe ferida agora é adulta e em breve ficará sem útero. Minha mãe aponta para um cacto muito cheio de espinhos e respondo que aquilo que ela tem no terraço é uma arma mortal. Impossível não acabar falando de mortalidade quando falamos de plantas. E essa que está começando a se encurvar porque tem mais de sessenta anos é minha mãe. É uma senhora de idade que já não sabe muitas coisas a meu respeito, assim como eu não sei os nomes da medicação que afugentaria esta torrente de ideias.

Assim como o dia chega, vai embora, com uma precipitação que me espanta. E o faz em silêncio, sem avisar ninguém. Sem atrair muita atenção, como uma planta que esteve crescendo durante tantos anos que agora poderia formar, sozinha, todo um pântano.

Quando minha irmã acordar da anestesia, depois da cirurgia, vai se lembrar novamente da mãe espancada deitada no chão e gritará por socorro. Uma enfermeira virá abraçá-la e lhe dirá que está tudo bem. E então ela voltará a se levantar e vai andar mais leve, sem desconforto, mas com lembranças feias. Aqui tudo se repete. Esses corpos nunca estão inteiros.

Todas as noites antes de ir dormir, quando fecho os olhos, posso ver círculos que se movem. Isso nunca termina.

LINHAGEM

*A mãe faz parte do patrimônio genético e,
ao mesmo tempo, contribui para a integração
social com a escolha do pai. É ela quem escolhe.
Unicamente ela.*
[Documentário da National Geographic Wild]

Quando eu era menina, com muita frequência passava o verão numa casa de campo nos arredores de San Juan. O caseiro se chamava Antonio e tinha uma cadela irlandesa que corria e caçava pássaros no ar, peixes na água, e mastigava as moscas que rondavam por ali no almoço. Eu a via todas as tardes de minha janela: era marrom e brilhante como um cavalo mustangue. A cadela tivera cria: sete, oito, ou mesmo dez filhotes mistos de irlandeses de pelo curto circulavam pela entrada das casas, afiando os dentes nos troncos de árvore. Poucos dias depois, Antonio decidiu castrá-la porque havia vários machos vira-latas a rodeando. A cachorra voltou do hospital e dentro de um mês já estava correndo como de costume. Seus filhotes foram dados aos vizinhos.

No verão seguinte, voltamos ao campo. A única cadela que restava na área parecia ser ela. Corria com o mesmo ânimo de sempre. Uma manhã, quando vi pela minha janela que ao lado dela andavam seis, sete ou dez filhotes da mesma mescla de marrons e irlandeses, não entendi. Nem meu pai nem minha mãe souberam o que me dizer. Tampouco Antonio, que insistiu que a cadela estava castrada e repetiu várias vezes que "as armas, é o diabo quem carrega".

Nunca me deixaram tocar na cachorra ou em seus novos filhotes.

Então eu cresci.

Eles não a deram a mim. Encontrei-a em uma lata de lixo de uma ampla avenida que fica a poucos quarteirões de minha casa. Estava com o corpinho molhado porque havia chovido, o lixo já se tornara líquido para enlamear suas patas. Tinha dois meses de vida e olhava para mim com um gesto que mostrava a necessidade de vínculo com o maternal. Chorava. Eu lhe disse que podia me encarregar da situação. Ela abandonou as lágrimas e me estendeu as patas. Cruzamos juntas a avenida larga e úmida. Alguns carros buzinaram para nós. Homens de cabelos castanhos assomavam para nos dizer coisas. Éramos duas mulheres sozinhas e prontas para articular romances, ter ideias inovadoras, levar adiante discussões simples sobre a disposição dos móveis de uma casa ou mais complexas, como a decisão final de cremar ou enterrar os corpos dos familiares. Na clínica veterinária, me disseram que a cachorra tinha apenas um mês e que, antes de oferecer ração, eu deveria dar leite em uma mamadeira especial. Batizei-a de Silvia, como minha mãe, minha avó e minha tia: o ramo feminino sob a terra.

Silvia ficava o tempo todo atrás de mim. Se eu andava pelo apartamento, ela também andava. Quando me deitava no chão para fazer os exercícios diários, lá estava a cadela, lambendo os orifícios do meu rosto. Um espelho peludo. Silvia era um exemplar agitado, eu entendia sua travessura como alegria, como bem-estar com as formas dispostas pelas varandas da minha casa. Ela dormia abraçada ao meu corpo, mesmo no verão. Acostumei-me com a temperatura de seu pelo grosso, com o cheiro da sua saliva, com a acústica de seus pesadelos de mamífero. Quando completou um ano, contratei um passeador para levá-la para tomar um ar. Eu havia prometido cumprir o papel materno, mas pensava que cercá-la de sua espécie também poderia educá-la.

Em uma tarde de chuva intensa, o passeador me devolveu Silvia suja de lama, quase nas mesmas condições em que eu a encontrara quando a adotei. Ele pediu desculpas, disse que alguns machos tentaram montá-la. Achei que só se dizia isso de galinhas, respondi, tentando criar uma conexão com o homem. Ele sorriu e se despediu em silêncio.

Naquela noite, toquei a barriga de Silvia por uma hora procurando indícios de gestação. Por sorte não encontrei nenhum. O que eu poderia fazer com cinco filhotes peludos pedindo atenção?

Nessa época, Silvia já tinha três anos. Me aconselharam operá-la, pois não gerar vida poderia lhe causar algum problema de saúde. Por alguns meses eu me opus, não queria causar tanta dor a ela. As fêmeas são abertas, os machos não. Finalmente me decidi.

Mantive-a em um jejum de dez horas, conforme me pediram. Naquela madrugada, foi difícil acordá-la. Sem comida e sem água, era como reanimar um carro que ficou sem gasolina. Eu a levei em um táxi que parou na esquina e a carreguei nos braços, como se fosse minha própria filha. Viajamos naquele carro observando atentamente os funcionários da manhã abrindo as portas das lojas.

Chegando ao hospital, sentei-me para esperar. Encontrei três palavras no meu caça-palavras e já fomos chamadas. Beijei a testa de Silvia e sussurrei que tudo ficaria bem. Uma mulher de quase quarenta anos também entregou seu bichinho de estimação. Parecia não ter dormido, estava com olheiras escuras, como desenhadas a lápis. Fomos companheiras no desapego. A secretária aumentou o volume da televisão para nos distrair, mas voltei meus olhos para o caça-palavras. Não conseguia me concentrar. Mudei para o sudoku, a mesma coisa. Não se passou mais de meia hora. Uma médica saiu da sala de cirurgia e me chamou baixinho. Atendi, não me custava nada prestar atenção a gestos débeis.

— Há quanto tempo você tem a cachorra? — perguntou.

— Eu a encontrei em uma lata de lixo quando tinha um mês — respondi.

A cirurgiã olhou para mim. Eu não tinha notado, mas em suas luvas havia sangue coagulado.

— Você tem certeza? — insistiu.

— Claro que tenho certeza. Ela era tão pequena que cabia na palma da minha mão.

Ela olhou para mim novamente. Apoiou a mão na parede e a manchou. A secretária olhou para ela com raiva. A médica nem percebeu. Ela me observava com desconfiança e estranhamento.

— Essa fêmea já está castrada — ela disse.

Abri a boca de surpresa. Minha mente se anuviou e eu traguei ar.

— Castrada? Não é possível.

— Sim, castrada. Ela já foi operada.

— Mas ela tinha apenas um mês quando a encontrei. É impossível esvaziar algo tão pequeno — insisti.

Fiquei nervosa e transpirei. Aumentei o tom de voz.

— Bem, calma, senhora. Tem certeza do que está dizendo?

— Mas é claro, você acha que eu estou mentindo?

— Bem... Os cães sabem, mas eles não sabem que sabem — disse a médica, e me lançou uma última olhada, como alguém que sente pena diante de um chilique.

Depois foi embora.

A mulher sentada ao meu lado riu de mim. Olhei para ela com desprezo, com um gesto que talvez fosse hereditário. "Tonta", pensei. Dentro da sala de cirurgia, seu cão ainda estava resistindo à anestesia.

Quando voltamos ao apartamento, Silvia tirou um cochilo de quatro horas. Eu a vi dormir, recostada na cama. Ainda não conseguia entender. Deixei a TV ligada em um programa culinário em que uma mulher da minha idade enrolava, com bastante habilidade, uns charutinhos de repolho. Quando ela acordou, molhei seu focinho e as orelhas para despertá-la completamente. Ainda estava sob efeito de anestesia e não queria comer nada. Deitou-se no chão de novo. Voltamos ao mesmo exercício da dona que observa sua pertença dormir. Não conseguia entender como seu sistema reprodutor estava estéril. Repassei os anos que tinha vivido com ela, os dias. Era realmente impossível que alguém a tivesse operado, por uma questão de dinâmica, tempo e cura da ferida. Convidei-a a deitar-se na minha cama. Nos abraçamos. Durante horas alternei entre o mesmo programa de receitas culinárias e um pouco de pornografia. Neste, baixava o volume para que Silvia não se desse conta. Eu morava no sétimo andar, então ouvíamos, como sempre, todas as ambulâncias e os ônibus. O telefone tocou, mas não quis atender. Apaguei a luz. A última coisa que ouvi foi sua respiração entrecortada.

No dia seguinte, passeamos pela praça. Fazia muito calor e eu molhava Silvia a cada dez minutos para que não sofresse. Com o passar das horas, esquecemos o episódio horrível. Senti que a cadela já havia me perdoado. Corria com a língua para fora e os vinte pontos latejavam em sua barriga. Silvia ladrava aos outros cães, desempenhava um papel em sua sociedade canina.

Exatamente uma semana atrás, esperei sentada na sala da dra. L., especialista em ginecologia e obstetrícia. Fazia mais de dois anos que eu não me consultava. Antigamente, a mulher tirava crianças do corpo das mulheres, mas depois resolveu se dedicar apenas ao consultório. Eu gostava de sua sala de espera cheia de fotos de crianças entre três e quatro anos, de seus anos dourados como obstetra. Cada rosto com seu respectivo nome escrito com pincel atômico. Nenhum desses rostos chamou particularmente minha atenção, então peguei meu caça-palavras. De vez em quando desfilava uma mulher grávida, na menopausa, ou alguma aprendiz da vida sexual. Todas atentas a que a porta de madeira se abrisse para ouvir nosso nome. Certa competição nessa audição: ver qual nome é mais melódico, qual palavra é mais sutil na boca de nossa médica.

Pediu que eu me despisse completamente e me deitou na maca. Apalpou meus seios com uma luva. Quando alguém entra em contato com essa parte do meu corpo, evito o contato visual. Penso em vídeos da internet nos quais três, quatro, cinco mulheres com peitos enormes lambem umas às outras pedindo que, por favor, o derramamento de saliva nunca pare.

A médica disse que meu útero estava um pouco aumentado. Não entendi. Perguntou se doía e eu disse que não. Já havia passado dos quarenta e cinco, disse a ela, meus hormônios estavam desgovernados. Tocou meu estômago e a vagina com minúcia, inserindo os dedos com a mesma luva com que havia me apalpado antes. Eu queria sugerir que a trocasse, fiquei enojada que ela misturasse tudo, mas eu tinha vergonha de expressar aquele nojo em voz alta. Nos vídeos da internet, as mulheres exigem que continuem a lambê-las lá embaixo com a mesma língua, com uma convicção que me deixa com raiva. Se eu conhecesse alguma dessas atrizes, certamente as vaiaria, puxaria seus cabelos até o ponto de deixá-las meio carecas ou até, talvez, lhes perguntasse por que insistem tanto.

A dra. L. me apalpou como uma especialista oceânica. Ficou rígida. Uma mulher convicta, aqui, de novo. Disse-me para me vestir e me sentar.

Acatei.

— Quando foi a última vez que você teve relações? — perguntou.

Olhei-a desconfiada, fiquei vermelha no mesmo instante. Ajeitei a mecha de cabelo do lado direito do rosto. Isso me acalmou.

— Faz uns anos — respondi. — Por quê?
— Anos? É uma piada?
— Não — respondi.

Houve um silêncio. A médica respirou fundo.

— Data da última menstruação?
— Não me lembro.

Pedi desculpas. A médica me olhou desconfiada, até me maltratou; e eu pensando em mulheres que se lambem. Vi preocupação nos olhos de minha ginecologista. Para assuntos assim, não levo muito jeito. Ela continuou falando, e eu olhei atentamente para as fotos penduradas na parede. As da sala de espera eram de crianças que já andavam, mas lá dentro abundavam imagens de bebês. Exemplares recém-trazidos ao mundo com rugas na pele, erros genéticos de pigmentação, cabeças demasiado pequenas e brilhantes, mãos enrugadas, mulheres segurando aquelas minúcias, mulheres aflitas mas mães, mais mães que mulheres, afinal.

    Ela prescreveu ácido fólico e me aconselhou que me consultasse com especialistas de todos os tipos, psiquiatras, psicólogos e neurologistas, e insistiu muito que, acima de tudo, devido à minha idade, eu precisava de um obstetra especializado. Me pediu para repousar porque os primeiros três meses eram fundamentais ao desenvolvimento do feto. Eu tinha de voltar de qualquer jeito na semana seguinte. Quando ela me cumprimentou, na saída, olhou para mim como se eu fosse um monstro. O que acontece com as pessoas? Ou melhor, o que acontece com os médicos?

Quando voltei para casa, notei certa novidade sob o vestido. Tudo me parecia impossível, mas, se a médica dizia, eu teria de dar ouvidos a ela. Acariciei meu estômago, era a primeira vez em muito tempo que eu realmente olhava para meu corpo. Sempre achei que era uma coisa boa esquecê-lo em estado contínuo. Eu estava ansiosa para me encontrar com Silvia, contar-lhe as boas-novas. Andei com alguma pressa, as imagens do consultório médico voltaram. Uma vez que as imagens surgem, é difícil afastá-las.

    Esperei o semáforo mudar. Olhei com atenção e notei que, novamente, algo se movia em uma lata de lixo presa a um poste de luz. Senti alguém chorando lá dentro, com a mesma reclamação contundente que ouvi de Silvia daquela vez. Me aproximei sem muita cautela. Naquela hora do dia, ninguém percebeu minha presença. Enfiei as mãos na lixeira e pude tocá-lo: um filhotinho molhado, outra vez. Quem era que os abandonava sempre, mas sempre, lá?

Fiz força com os dois braços até puxá-lo para fora. Era preto, branco e pequenino. Notei seu esqueleto primário. Olhamos um para o outro. Houve alguma emoção que compartilhamos. O cachorrinho chorava, iniciando a reclamação. Eu não podia deixá-lo ali, mas levá-lo para casa significava irritar Silvia. Haveria lugar, além disso, para um bebê? O que era toda essa linhagem que se triplicava em mim?

Fiquei muito tempo naquela esquina com o cão nos braços. Minhas pernas doíam, meus seios incharam. Anoiteceu. O que acontece quando alguém se detém é isso, as pessoas continuam andando à volta.

O CÉU É SEMPRE FUNDO

A guerra vai começar em breve. Como legionários,
as formigas usam armadura. O exoesqueleto
pode suportar praticamente tudo. Elas podem
injetar um veneno muito tóxico, mas sua pior
arma são as mandíbulas, capazes de fazer
em pedaços seus rivais.
[Documentário da National Geographic]

Certa manhã de outubro, Gabino Leiva fumava um cigarro na estação de ônibus. Era muito cedo. Chovia com aquela finitude que precisa do toque, porque quando apenas se olha para ela, pode passar despercebida como uma mulher debilitada. Parou de fumar no meio do cigarro e o jogou longe, onde um grupo de veículos vazios se aninhava. Olhou em volta. Um grupo de turistas esperava como ele. Gabino viu ao longe Emilia, sua esposa, afugentando mosquitos enquanto fazia força para não fechar os olhos. Na semana anterior, Gabino comprara para ela uma mala de cinco quilos, e nesta manhã a trasladavam vazia. Ao lado de Emilia se mexia inquieta Liliana Leiva, a filha radiante. Pesava menos de cinquenta quilos distribuídos em seus braços longos e suas pernas aptas ao basquete ou ao balé clássico. Falava com a mãe em uma voz muito alta sobre lojas com descontos de mais de setenta por cento, de jeans e camisas por um dólar. Nesse diálogo, o torpor do sono estava borrado e até parecia que entre elas a porcentagem de umidade não aumentava.

    Gabino cheirava a desodorante de quinta categoria e, apesar de serem suas férias, tinha olheiras cinzentas por não ter descansado. Na noite anterior, sonhara várias vezes a mesma coisa: encontrava-se em um vagão de metrô com cheiro metálico que estava parado havia mais de quinze minutos debaixo da terra, entre duas estações. O ar-condicionado do cubículo se desligava e as luzes eram cortadas.

    De dentro de um edifício muito branco, saiu um motorista de óculos escuros. Convidou os passageiros a subirem. Gabino entregou as passagens e ajudou suas mulheres a levantarem a mala vazia. Tudo estava pronto para que o dia se tornasse um caos.

O shopping ficava a meia hora do local que escolheram para passar as férias. Uma vez no ônibus, a família Leiva olhava pelas janelas. A chuva não parava de aumentar. Nos alto-falantes, soava uma música clássica bastante conhecida, aqueles sonetos que se ouviam tranquilamente em um comercial de perfumes para adolescentes com menos de trinta anos. Gabino percebia que seus ouvidos estavam atordoados por aquele lixo. Ele tentava tapá-los com os dedos indicadores. Através dos vidros do ônibus, podia ver, ao lado da estrada, resíduos de folhas secas úmidas misturadas com pacotes de chocolate jogados pela janela de algum carro, sacolas de supermercado, ratos atropelados. Aquela pasta cinza também fazia parte da paisagem.

    Entraram no shopping por volta das onze da manhã. A iluminação do lugar era branca e amarela, de lâmpadas tubulares compridas. Uma vez lá dentro, era impossível saber o clima, a hora, o estado de espírito. Tudo estava montado de forma que se esquecesse completamente até mesmo os próprios nome e sobrenome. As mulheres se aventuravam como se estivessem em terra virgem. Gabino arrastou os pés atrás delas, sobre um piso espelhado. Podia ver atrás dele um homem de avental violeta passando um escovão gigante. O shopping era composto por funcionários que, além disso, podiam apagar instantaneamente os próprios passos. Um milagre.

Emilia deu voz a uma ideia. Ela e sua filha poderiam começar a explorar as lojas, acompanhadas da mala vazia, enquanto Gabino fazia sua própria rota. Ela não estava com vontade de fazer o passeio lento do marido. Ele não achava a ideia tão maravilhosa, pois se perder lá dentro parecia o típico começo de um pesadelo febril. Então, continuou atrás delas, o homem sem desejo.

Entraram em uma loja de calçados. Era verdade que os descontos chegavam a mais de setenta por cento, especialmente em tênis esportivos. Lili gostava muito de esportes. Gostava de sair para correr no fim da tarde, caminhar pela manhã e frequentar a academia cinco vezes por semana. Ela apreciava o vão acinzentado que se formava em seus ossos pequenos do pescoço, semelhante à cartilagem de frango, capazes de se partir em uma dentada. Sabia que esse oco era chamado de "saboneteira". Seu pai percebeu que os olhos dela continuavam brilhando; fazia tempo que não a via tão animada. Lili experimentou um primeiro par de tênis com arabescos turquesa. Argumentou que, por aquele preço, talvez pudesse levar mais três pares. Emilia olhou para Gabino em busca de aprovação. Ele não a pôde dar, então Emilia disse à filha que sim. Afinal, quando repetiriam essa experiência?

Lili sugeriu ao funcionário que lhe trouxesse mais sete pares de tênis, de cores diferentes, mas do mesmo modelo, para escolher qual deles levaria. O funcionário, cansado e suado como Gabino, veio do depósito com uma torre de caixas de sapatos. Gabino sentou-se em um assento disposto para os acompanhantes dos compradores. Sentiu que sua pressão estava baixando gradualmente, até ouvir as batidas do coração na cabeça. Às vezes acontece, como por arte de magia, que os batimentos sejam ouvidos de lá. Como se o corpo se esvaziasse e apenas o coração permanecesse no comando de tudo. Poucas vezes a evidência sonora é tão precisa.

Gabino olhava para a filha enquanto ouvia o coração acelerado, mudando de cor dentro de seu corpo, avisando-lhe que nem tudo estava em ordem. Lembrou-se de quando o ecodoppler mostrava a cor violeta para o sangue e a amarela para a artéria, os complementares. Lili perguntou se ele estava bem, e Gabino mentiu, dizendo que sim. No momento exato em que alguém anuncia o desmaio é que ele acontece. É melhor negar até que, de repente, ele venha e zás, acabe com tudo.

Emilia e Liliana eram agora duas cobras, medindo o tamanho de um búfalo para devorá-lo em algum dia da semana.

Gabino decidiu esperar do lado de fora do estabelecimento, embora no shopping não houvesse realmente um "fora". Sair do prédio significava, além disso, ficar preso no meio da estrada, onde havia um monte de terra diante daquelas vidraças prodigiosas. É melhor parar de pensar, disse a si mesmo, embora a ideia estivesse muito desgastada.

Concentrou-se nas pessoas que caminhavam ao redor. Famílias como a sua carregavam malas vazias ou já cheias enquanto bebiam grandes copos de refrigerante laranja. Ele pôde ver através do vidro como Lili convencia a mãe a levar mais quatro pares de tênis, vivia-se essa experiência de desconto apenas uma vez na vida. Emilia sorria. Mãe e filha juntas exalavam o cheiro de parentesco naquele momento de alegria proporcionado pelos novos calçados de primeira linha, da marca número 1 do mundo.

Gabino já não sentia o corpo. Tremia como se estivesse brincando em um touro mecânico, mas sem sorrir. Levantou o braço em um gesto de clemência, como se pedisse tempo em uma partida de futebol. Emilia conseguiu vê-lo. Assentiu com a cabeça, um tanto irritada, enquanto estendia seu reluzente cartão de crédito para um vendedor uniformizado. Gabino sempre exigia atenção do resto do mundo, Emilia estava cansada. Gabino podia fazer o que quisesse. Este dia era único na vida delas, e Emilia estava disposta a defendê-lo com unhas e dentes. Mais uma vez, ali estavam elas, as lagartas com presas afiadas.

Gabino se dirigiu ao banheiro do primeiro andar. Atravessou mais de trinta lojas de roupas. Centenas de pessoas babavam sobre pilhas de camisetas por menos de três dólares. Uma criança de três anos implorava por atenção com um sorvete recém-derramado e, ao perceber que ninguém a ajudava, lambia os pedacinhos de morango do chão.

Uma vez no banheiro, Gabino entrou em uma cabine e sentou-se em um vaso sanitário inteligente. Respirou. O vaso estava programado, a cada minuto um jato de água era expelido para a limpeza. Pensou no desperdício de água. O shopping também estava equipado para que os móveis sanitários se esquecessem de si mesmos.

Gabino conseguiu respirar novamente.

Por baixo da porta de sua cabine, viu um homem de mocassins entrar no banheiro. Viu como ele abaixava as calças e se dirigia ao mictório, também inteligente porque se limpava sozinho. O homem urinou por um bom tempo, e isso permitiu que Gabino se encorajasse a sair. Olharam-se nos olhos. Ele era calvo e jovem, com óculos de armação de madeira provavelmente recém-adquiridos com algum desconto incrível. Gabino simulou vontade de urinar também e, em seguida, começou a abrir o zíper. Fizeram isso em uníssono.

— Fazendo compras?

Gabino respondeu que sim com a cabeça, embora não quisesse olhar para o homem.

— Eu também. Minha filha me convenceu. Os descontos são de no mínimo quarenta por cento.

Gabino olhou para ele surpreso com o nível de correspondência no pensamento.

O homem fechou a calça e foi lavar as mãos. Gabino o imitou.

— Minha mulher também veio. Nunca tinha visto ela tão louca. Você está sozinho?

Gabino sentiu que o homem calvo estava fazendo uma brincadeira com ele ou lendo sua mente. Uma das duas opções. Negou com a cabeça. Olhou-se no espelho. O homem não tirava os olhos dele e também não fazia nenhum movimento. Ambos se olharam através do espelho inteligente do shopping. Não havia manchas de umidade ou impressões digitais na superfície de vidro.

— Eu sou o Andrés, estou de férias.

Gabino e Andrés apertaram as mãos.

— Vou precisar comer alguma coisa daqui a pouco porque já estou ficando tonto. Fui apenas a uma loja, mas foi o suficiente para mim — disse Andrés.

Gabino riu. Quando o nível de correspondência é tão grande, o gesto é inevitável.

Passaram alguns segundos até que outro homem entrou, vestido de maneira semelhante ao primeiro. Cumprimentou-os apenas com a cabeça e desabotoou a calça. O intruso lavou as mãos ao lado deles. Olhou fixamente para os dois. Gabino conseguiu perceber que Andrés e o recém-chegado estavam usando o mesmo calçado.

— Desculpe — o homem disse a Andrés. — Posso te perguntar onde você comprou esses mocassins?

Andrés olhou para ele surpreso. Olhou para os pés.

— Em um lugar que eu não sei como se chama. Fica a três lojas do banheiro, à direita, ao lado do carrinho de pipoca todo colorido.

— Sim. Eu sei onde é. Eu comprei no mesmo lugar — o homem disse.

Gabino, Andrés e o intruso olharam um para o outro pelo espelho. O banheiro disparou sua música.

— A questão é que não havia mais meu número e eles me deram estes. Ficaram pequenos. Que número você usa? — o homem disse.

Andrés olhou para ele surpreso.

— Quarenta e dois. Agora que você falou, é verdade. Eu comprei os últimos.

Gabino podia ver como o gesto do intruso variava. Os banheiros tinham ares de orquestra.

— É uma pena, porque eu nunca tinha visto uns sapatos desses e tive que comprar um número menor — o homem disse.

— Sinto muito — Andrés disse, e sorriu.

— Posso saber do que você está rindo? — o homem disse.

— De você — Andrés respondeu. — Comprou uma coisa que não te serve e, de qualquer forma, está usando.

Gabino voltou a respirar com agitação. Não sabia bem o que fazer: sair daquele banheiro era continuar no shopping, e sair do shopping era continuar no terreno baldio voltado para o shopping. Parar de pensar não era uma opção: esse método não existe.

O intruso se aproximou de Andrés e falou junto a ele.

— Me dá isso. Gastei cinquenta dólares nele.

— Você está louco — Andrés respondeu, e riu novamente, procurando cumplicidade em Gabino.

O intruso arremeteu, sério.

— Se você não me der, não vai gostar nada de ter cruzado comigo.

— Ah, não? — Andrés sorriu outra vez. Gabino estava pregado no chão, de novo o tremor. Ele podia ver a situação através do espelho. Andrés e o intruso se assemelhavam, ambas as cabeças com evidência de calvície.

— Me dá esses sapatos e ninguém vai notar nada de estranho, estou falando sério — o homem disse.

— Eu não ia te dar meus mocassins nem se me injetassem alguma droga pesada na veia. Consegui esse sapato com um desconto de quarenta por cento — Andrés disse, enquanto sorria com a soberba de quem não está descalço.

O intruso empunhou a mão e a encaixou no meio da cara limpa de Andrés. O golpe ressoou nas paredes do banheiro. Gabino estava em silêncio, anestesiado, acordado.

Andrés arremeteu e acertou as costas do intruso, até deixá-lo sem ar. O intruso respondeu, roçando sua mandíbula novamente. Eles se atracaram em uma briga feroz. Naqueles minutos, ninguém entrou no banheiro. Não havia tempo a perder lá dentro, tendo todas aquelas lojas. Gabino pôde ver as roupas dos homens ficando sujas, o embaralhar-se no chão conferindo certa bagunça ao papel higiênico novo e usado. A água suja no chão formava uma lama esbranquiçada, mistura de papel, sabão e pelos alheios que se colava em seus joelhos. Apesar de tudo, os mocassins de ambos estavam intactos. Cada par tinha custado cinquenta dólares. Apenas cinquenta dólares.

Ao fundo podiam-se ouvir novamente os vasos sanitários se autolimpando. Gabino pensou em alguma palavra de conciliação, mas não encontrou nenhuma. Saiu, o mais silenciosamente que podia, exercendo a menor força possível nos metatarsos.

Ao longe, viu-as: claras, chamativas, como alguém que encontra um rosto de televisão. Andou atrás de suas mulheres o tempo que restou daquela tarde. Através dos vidros do shopping, era possível ver o céu. Não era grande coisa, era apenas o fundo. Gabino percebeu que já tinha escurecido. Carregando sacolas de plástico e papelão, Gabino, Emilia e Liliana aguardavam em uma longa fila dentro do prédio, esperando o ônibus rodoviário que os levaria de volta ao hotel. Gabino estava com dificuldade para respirar e seus lábios estavam ficando roxos. Sentiu um tremor. Ao longe, pôde ver a criança do sorvete, agora com um novo produto, segurando-o em uma casquinha intacta. Ela o lambia com perseverança, como se acreditasse que, dessa vez, não cairia de jeito nenhum. Mas caiu.

GEOGRAFIA NACIONAL

Quase sete bilhões de pessoas vivem em nosso planeta. Mais que o dobro do que havia apenas quarenta e cinco anos atrás. Mas o que aconteceria se a população mundial voltasse a se duplicar de repente?
[Documentário da National Geographic]

Cintia viu na televisão algo suspeito, mas verdadeiro: o dia estava chegando ao fim, e no resto do globo ninguém morrera. Tratava-se de um dia único, 17 de setembro, e no planeta Terra ninguém havia partido desta para melhor. Isso assustou Cintia, porque, embora ela se reconhecesse como alguém apreensivo em relação à morte, o excesso de vida também lhe parecia assustador. Os apresentadores do telejornal daquela emissora estavam perplexos. Ajeitavam os microfones, arrumavam o cabelo. Tudo ao vivo. Olhavam para a câmera, embora não recebessem a tempo a ordem de mudar a vista de lugar, então ficavam com o rosto virado à frente, mas com olhares perdidos, confusos. O telejornal estava desprovido de prolixidade. O que havia acontecido com os acidentes, as doenças, até mesmo as causas naturais? Qual era a taxa de natalidade daquele dia de setembro, então? Não havia um único minuto em que alguém não morresse.

Cintia decidiu desligar a TV. Suas mãos tremiam, como quando o grande susto chega e seu tamanho triplica e ultrapassa tudo ao redor. Ela se levantou do sofá e começou a dar voltas pela casa. Onde toda essa vida caberia agora? Olhou pela janela. Viu táxis, carros, um caminhão de mudança, uma fila de crianças de mãos dadas em uma excursão escolar.

Terror.

Cintia decidiu tomar um banho. Tirou a roupa rapidamente e olhou para as costas no espelho. Sua pele estava arrepiada e ela não sentia nem um pouco de frio. Era o medo fazendo coisas com seu organismo. Sob a água quente, o corpo poderia se recuperar. Cada peça em seu lugar e a sensação de fragmentação se calava. Contou os cabelos caídos e os colou nas paredes de azulejo azul. Massageou o couro cabeludo e enxaguou as remelas da noite anterior. Ainda sentia como se pudesse ouvir os apresentadores do programa:

— Estão chegando notícias do Oeste. Vamos ao celular.

— Oi? Oi? Mal dá para ouvir. Há alguém aí?

E na tela da televisão surgia uma horda de pessoas agasalhadas, cercadas por uma paisagem de neve em algum país distante, olhando para a câmera. Embora olhar para a câmera não significasse fixar o olhar. Eram zumbis estrangeiros ou pessoas com vida demais que já haviam se entregado, sem pensar muito para onde.

Cintia desligou o chuveiro e se enrolou em uma toalha limpa. Lambeu as mãos enrugadas para aliviar a aspereza dos dedos. Da mesa da cozinha, ouviu o bipe do telefone. Correu para atender. Envolta naquela toalha azul, ela poderia ser o boneco gigante de alguma criança com pais ricos. Era Julieta, sua irmã, ligando para ela da Ilha e querendo fazer uma chamada de vídeo. Cintia se trancou novamente no banheiro e, sentada na tampa úmida do vaso sanitário, atendeu.

O sinal estava fraco. Havia muitas pessoas reunidas ao redor do globo tentando se comunicar ao mesmo tempo. Trocando opiniões sobre a estranheza. Cintia podia ver o rosto da irmã quase se esparramando na tela. Ao lado de Julieta estava Lío, seu filho de três anos, que também olhava. Os dois esperavam que a tia se pronunciasse.

— Oi, Cin, está me ouvindo?

Julieta estava acostumada a gritar pelo celular.

— Acabamos de tomar café da manhã. O Lionel queria falar com você. Está podendo?

Cintia olhava para aqueles indivíduos pixelados na tela minúscula e um calor lhe subia pelo pescoço. O menino olhava para a tia e sorria.

— Hoje ele andou sozinho sem rodinhas pela primeira vez, dá para acreditar? Fez um arranhão, mas não chorou. Já está craque na bicicleta.

Julieta contava e seu rosto se deformava. Lionel sorria orgulhoso da prova superada.

Cintia não respondeu. Nomear algo naquele 17 de setembro parecia impossível. Continuava muito impaciente. Lionel se colava ao pescoço da mãe como um macaco de zoológico alimentado com mamadeira.

— Cin, está me ouvindo?

Julieta insistia, e com Cintia não acontecia o mesmo de sempre com o rosto do sobrinho, e sim algo diferente. Naquela pequenez, via um excesso de futuro que não se parecia em nada com a ternura. Via pura vida, puro espaço atormentado, nenhum lugar para a meia-idade.

— Cintia, você pode responder?

O menino ficou sério. Do outro lado da tela, aquela mulher recém-banhada era um bolo de desprezo. Começou a chorar.

— Cintia, o que você tem?

Cintia notou que o rosto de Lionel ainda era muito jovem, então o tremor retornou ao seu corpo, atingindo todo o desconforto que o banho quente tinha conseguido levar embora.

— Você está com medo da gente?

Cintia desligou a chamada de vídeo. Agora estavam se aglomerando em sua cabeça as vozes do telejornal, o futuro daquela criança que também carregava seu sangue, os acidentes, as causas naturais. O excesso de vida, novamente. Deixou o telefone sobre a mesa e o aparelho continuou a tocar. Mais de doze chamadas consecutivas de sua irmã e sobrinho foram se acumulando, em um acesso de amor ou crueldade. Não podiam deixá-la em paz?

Cintia ligou a televisão e lá continuava, intacta, a notícia. Agora, as equipes de reportagem do canal percorriam com drones diferentes epicentros do mundo. Taiwan, Tóquio, Jacarta, um pedaço de Moscou, Berlim, um trecho de Amsterdã, e também Buenos Aires, La Paz e Cochabamba. As pessoas se aglomeravam nas ruas para festejar essa vitória da perpetuidade. Mas Cintia teve uma grande sensação de vertigem. Ela sentiu que todas aquelas pessoas estavam mais perto de sua casa do que ela poderia imaginar. Que tudo estava ali, tão próximo, sem espaço na realidade. E então a certeza chegou, e, quando chega, o tremor faz um intervalo. Ela se vestiu com a primeira coisa que encontrou. Um suéter antigo, mas bonitinho, que havia pertencido à sua mãe na década passada, e uma calça que estava folgada. Prendeu o cabelo com um elástico. Olhou para a porta de seu apartamento: aquela madeira de algarrobo com alguns adesivos brilhantes colados no centro. Figuras de algum momento da vida em que ela acreditava que aquelas cores em miniatura podiam ajudá-la a mudar de humor.

Roedores, corações em diferentes tons e frases positivas em inglês. Ela pegou a bolsa, contou o dinheiro, calçou os tênis de corrida e saiu para a rua. Pensou consigo mesma que a melhor coisa a fazer naquele clima de excesso dos outros era fechar a porta de casa e mudar a fechadura para sempre.

    O telefone de Cintia continuou tocando no meio do nada, durante horas. É claro que ela não o atendeu naquele momento, nem no dia seguinte, nem na semana seguinte. A família não era algo de que precisava cuidar agora.

O CALOR ERA REBELDE

À medida que os meses de verão se tornam mais quentes nos Estados Unidos, os ativistas esperam atrair atenção para a questão em si, bem como impulsionar uma legislação para ajudar a lidar com o problema. Dezenas de crianças morrem de insolação a cada ano em veículos cujas temperaturas, mesmo em dias relativamente amenos, podem rapidamente ultrapassar os 37 graus. Muitas dessas crianças foram esquecidas no veículo por um cuidador distraído.
[Documentário da National Geographic Wild]

Esta é uma cidadezinha que, no verão, não abre suas portas antes das seis da tarde. O calor geralmente ultrapassa os quarenta e cinco graus, então derrete a copa das árvores e a cabeça das pessoas, mas sobretudo o pequeno cocuruto das crianças. Antes do pôr do sol, o supermercado coreano na avenida principal é o único lugar onde se podem encontrar as coisas. Lá toca música popular da Coreia do Sul e respira-se o ar pré-fabricado de um ar-condicionado industrial. Cada alimento tem sua respectiva prateleira, e em cada festividade há a decoração correspondente. São poucas as casas nessa região, e em cada uma delas há uma família, e em uma família deve haver crianças, do contrário não é considerada uma família completa. Deve haver crianças e animais de estimação, e também aniversários, com guirlandas de papel de boa qualidade e toalhas de plástico. Também deve haver música com refrãos e piscinas ou mangueiras para suportar as altas temperaturas desse odioso Norte. Também deve haver pessoas dispostas a trabalhar animando as crianças em seus aniversários, fantasiadas ou não. Depois das seis da tarde, as pessoas podem se reunir para comemorar ou conversar sobre o crescimento de suas filhas e filhos. Se a temperatura nessa cidade baixasse, seria um problema. Se houvesse uma casa sem crianças nessa cidade, repetimos, não seria uma família. Tampouco uma casa.

Segurou duas latas de atum: um ralado e outro em pedaços. Decidiu-se pela segunda opção porque Elías já conseguia morder com seus três dentes de baixo. Naquela quinta-feira, as prateleiras estavam cheias. O trabalho cuidadoso dos repositores. Amanda sempre preferia ir ao supermercado cedo, quando não havia quase ninguém, quando os funcionários podiam recebê-la com um sorriso em vez de desejar-lhe a morte só por perguntar sobre a localização específica do tomate redondo. Antes das cinco da tarde, não havia nada naquela cidade, e aquela quinta-feira parecia ser o momento posterior a uma terrível notícia. As ruas estavam tão vazias que pareciam conversar entre si.

Amanda era uma mulher de cinquenta anos, embora aparentasse menos graças à genética, aos vestidos de veludo cotelê e ao cheiro de amaciante de roupa que tentava recriar a ideia genérica de uma floresta de pinheiros. Usava um penteado armado que levantava seus cachos como uma bandeira e constantemente cobria as pernas com as mãos, porque suas varizes exigiam a mesma atenção que uma paisagem.

Amanda era um ímã.

Agora percorria a geladeira de laticínios e sua pele se punha branca e áspera como a das galinhas. A gerente do supermercado tinha aumentado o volume daquele grupo pop coreano que falava de romances previsíveis. Amanda já enchera seu carrinho e estava pronta para pagar. Que prazer quando não havia ninguém na fila. Que a falta não fosse algo que existisse. Que se pudessem tirar as compras do carrinho e ouvir incessantemente o "trim-trim" da caixa registradora.

Angelita completava sete meses naquela tarde. Elena, sua mãe, havia enchido de balões todo o chão da cozinha e também da sala de estar. Mal se podia andar naquele piso acarpetado. Rosa chegou dez minutos depois do horário marcado e Elena não achou isso certo. Rosa pediu desculpas e entrou no banheiro. Ela estava suada e seu coração batia mais rápido do que devia. Enquanto vestia a fantasia de dinossauro, olhou-se no espelho. Ela havia emagrecido naquela manhã? No dia anterior não estava assim. Aquele dinossauro estava ainda maior agora, com ela dentro.

Enfim.

Faltava uma hora para que chegassem os pais de dez crianças de sete meses. Ela maquiou os olhos de verde. Desenhou dois círculos amarelos nas bochechas para ser menos reconhecida. Somente uma vez, o pai de uma criança a reconheceu em um aniversário: "Rosa?", ele disse, e ela irrompeu em lágrimas. "Eu não sou Rosa, sou um dinossauro."

A partir de então, ela caprichou mais na maquiagem.

Ouviu a mãe de Angelita correndo daqui para lá, gritando seu nome. Rosa respondeu três vezes que estava no banheiro, perguntou se ela precisava de alguma coisa, disse que já estava saindo. Que aguardasse um pouco, por favor.

Angelita era uma bebê pequena e magra. Nascera prematura, dentro daquela mãe tão corpulenta. Seu coração era muito pequeno em relação ao resto do corpo, como algo que uma formiga poderia carregar, por isso ficou algumas semanas em uma incubadora até que o órgão finalmente cresceu, com a ajuda de aparelhos e fios.

O pai de Angelita estava na cama desde que a bebê havia nascido. Tinha depressão clínica: aquela que é difícil de discernir e analisar. Aquela que não tem cura porque foi criada pelo cérebro.

A mãe de Angelita chamou Rosa novamente e agora, um pouco irritada, Rosa saiu do banheiro e olhou nos olhos dela. Eram uma mãe de cinquenta anos e um dinossauro que se enfrentavam, enquadrados na porta de uma casa recém-pintada de branco, cuidadosamente decorada para o aniversário da única criança que conseguira sair daquele ventre envelhecido. Elas se encararam e a mãe seguiu em frente. Claramente, naquela manhã ela estava ficando perturbada. Todos os ambientes da casa estavam repletos de guirlandas que ela mesma tinha pendurado, trepada num banquinho de madeira. Não apenas a sala de estar e a cozinha, mas também o banheiro principal e o de serviço — pia e banheira —, o quintal, a biblioteca, a lavanderia, a despensa, a entrada e o pátio da frente. Uma placa de papel colorido mostrava com entusiasmo o nome de sua filha: "Angelita". Havia uma mesa montada na sala de estar com sobremesas frias, bolos secos e molhados, e até mesmo doces e balas que os pais podiam enfiar na boca de bebês em que mal despontavam os dentes. A mãe de Angelita suava litros dentro daquele vestido que havia escolhido usar, mas não se importava: tinha uma família, tinha um bebê.

Rosa caminhou por um dos corredores e espiou na direção do quarto. Lá estava o pai: o homem. Ele não reagiu. Obviamente, ver um dinossauro andando pela casa também não ia amenizar sua depressão clínica. Ele estava largado, seminu e na penumbra, olhando para a televisão da tarde. O som que saía do aparelho era alto, embora competisse em volume com a música sobre animais do zoológico que vinha do sistema de som da sala.

Rosa sentou-se no sofá de cinco lugares que havia na sala. A mãe de Angelita ficou ao seu lado e se olhou em um espelho de corpo inteiro. Ela perguntou se aquela roupa lhe caía bem. Quase sem olhá-la, Rosa respondeu que sim. Que ingênua aquela mulher envolta naquele vestido. Procurar discordância em uma empregada.

Amanda caminhava com seis sacolas de papel, três em cada braço. Já eram seis da tarde e o calor não tinha diminuído. Devido ao peso, uma das mangas do vestido escorregou, deixando um ombro à mostra. Nesses momentos de nudez improvisada, Amanda também parecia mais jovem. Sua pele brilhava como nas propagandas de hidratante em embalagem rosa para uma pele macia. Sua tristeza e sua solidão faziam um bom trabalho de retardar o envelhecimento. Sua mente estava ocupada com assuntos mais tristes. Não havia tempo para se olhar no espelho, lamentar, transformar as rugas em um obstáculo. Seu ombro ficou exposto por um tempo, e um homem que passava ao seu lado o observou atentamente. Amanda lutou para segurar as latas de atum em pedaços que tentavam escapar da sacola. O sol bateu diretamente em seu rosto e dificultou encontrar as chaves do carro, mas elas estavam lá, como sempre, no fundo da bolsa. Naquela manhã, Elías acordou inquieto. Ele não aceitava a mamadeira e Amanda não tinha mais leite. Durante meia hora, a mãe tentou acomodar seu filho de cinco meses no banco traseiro daquele carro. O calor era insuportável.

Ela abanou, soprou, mas não teve sucesso. O filho faminto pelo corpo de Amanda chorou e chorou. Ele chorou tanto que adormeceu profundamente no trecho que faziam, todo dia, do apartamento para o supermercado.

Horas mais tarde, Amanda conseguiu abrir o veículo e deixou cair as seis sacolas de papel no assento do passageiro. O raio de sol da primeira hora da tarde havia transformado o interior do carro em uma sauna. Lá atrás, como desmoronado, ela viu o assento da criança. Só que dessa vez, para a surpresa da mãe solteira, não havia criança alguma. Ela jogou as sacolas com os mantimentos sob o sol intenso, revirou o interior do carro. Ela gritou, e gritou tanto que sentiu um nervo adormecer metade de seu rosto.

Angelita podia ser o bebê mais silencioso do mundo. Seus pais contrataram Rosa para todos os seus mesversários. Eles confiavam nela, e a pequena também lhe demonstrava afeto. A fantasia não variava, Rosa sempre era o dinossauro que fazia companhia no evento. Simplesmente isso.

Já era perto das quatro da tarde e alguns pais estavam chegando com as crianças penduradas nos braços. Deixaram-nas para Rosa. Dois meninos usando jeans justos e babadores coloridos. Rosa os entretinha por alguns minutos e depois os deixava sozinhos. O que poderia acontecer com eles? Ela olhou de soslaio. O pai de Angelita finalmente decidiu se levantar da cama. Ele tinha remela nos olhos e marcas de lençol na orelha direita. A mãe de Angelita entrava e saía da cozinha. Rosa se surpreendia com o fato de que ninguém fosse acordar a aniversariante. Os bebês atordoados batiam uns nos outros, pressupondo um choro agudo. Os pais corriam para pegá-los. Acreditavam que deixá-los em lugares altos era a única coisa que os acalmava. Rosa ficou impaciente. Subiu as escadas acarpetadas e com cheiro de detergente. Lá embaixo, a mãe de Angelita soltava gritos de alegria e o pai fazia caretas para o alto-falante de uma televisão de plasma desligada.

Quando entrou no quarto de Angelita, reinava o silêncio. O sono mais profundo é aquele que você tem no início da vida, essa qualidade desaparece com o tempo. Rosa ficou surpresa ao não ouvir nem mesmo sua respiração. Eram um dinossauro à procura de um bebê em um berço e um bebê tirando uma soneca. Só isso. Rosa ouviu o grito da mãe de Angelita subindo as escadas. Chamou-a. Onde ela estava, os convidados, os bebês precisavam estar olhando para ela, estar rindo. Rosa se aproximou da cama, mas Angelita não estava lá. Procurou embaixo dela, talvez caída com o pescoço virado para o lado, talvez enrolada em seu enorme coelho de pelúcia. Angelita tinha um quarto inteiro só para ela, uma espécie de estúdio com desenhos coloridos de animais emoldurados, um lustre de teto em forma de flor tropical e bichinhos de pelúcia em quantidades que pareciam simular uma manifestação. Um universo grande demais para um ser tão pequeno e novo. Mas Angelita não estava dentro de seu império. A mãe de Angelita entrou na ponta dos pés e perguntou se a criança ainda estava dormindo. Rosa não soube o que responder.

Ela se aproximou da janela do quarto de Angelita e pôde ver que, lá embaixo, os bebês que engatinhavam pelo jardim seguiam diretamente para a piscina aquecida. Como se fossem guiados por uma força maior, por uma informação que Rosa não tinha. Os pais conversavam entre si, sem perceber, mas Rosa percebeu. Em questão de segundos, seus bebês cairiam na água.

A mãe de Angelita desceu correndo as escadas acarpetadas. Ela gritou, e gritou tanto que seus braços ficaram paralisados, suas pernas também. O pai a olhou com a paz sentenciosa de quem sabe que essas coisas vêm e passam. A fuga dos pequenos.

Amanda estava cercada por adultos que a abanavam e diziam coisas, entre elas que o roubo de crianças sozinhas no banco de trás dos carros era algo comum. Amanda não entendia o que falavam sobre roubo. Não entendia o que falavam sobre a criança. Elías deveria comer às cinco da tarde e Elías não estava lá. Não demorou muito para que se ouvissem gritos por toda a cidade, apesar da buzina dos carros, do freio dos motores. Gritos nas janelas dos prédios elegantes, gritos nas casas térreas. Mulheres se perguntando onde ou por quê. Novamente, como e onde. Amanda pensou que tudo poderia ser resultado da bola de fogo que pendia lá em cima, entre as árvores. Naquele dia, o calor não havia diminuído. Era rebelde como um filhote que nunca entendeu qual daquelas mulheres que o cercam é sua mãe.

Os bebês que caíram na piscina da casa de Angelita foram socorridos por seus pais, alguns por suas mães. Envoltos em toalhas, tinham o olhar perdido. Assim passou a tarde. A mãe de Angelita dormiu de ressaca enrolada nos lençóis, e o marido a olhou, porque não havia mais nada que pudesse fazer. Os convidados não queriam ir embora, ficaram até depois da meia-noite. Rosa conseguiu tirar sua fantasia de dinossauro e, em trajes normais, sentou-se perto deles. Olhou nos olhos deles. *Os bebês sabem*, pensou, *eles também querem ir embora*. As crianças tinham uma estranha atração pela água com cloro. Quando olhavam para ela, seus olhos brilhavam.

Rosa bebeu de uma garrafa de água de um litro e meio. Sentiu como a hidratação se produzia, pouco a pouco, preenchendo cada espaço de seu corpo. Decidiu ficar, ver se havia alguma novidade. Deitou-se em uma espreguiçadeira no quintal e também observou a água, mas não sentiu o mesmo que os bebês. Pareceu-lhe ouvir o choro de Angelita, e olhou para a janela dela. Nenhuma luz se acendeu. Ela não estava ali, nem lá. Isso estava começando a acontecer: que alguns bebês não estivessem nos seus berços, nem nos assentos especialmente projetados para carros, nem nos cadeirões para comer, nem girando sobre um tapete cuidadosamente colocado no chão.

    Como se estivessem vendo uma partida de futebol decisiva, aquelas mães casadas com aqueles pais assistiam incessantemente às notícias. Havia outro caso em outra parte do país: um bebê de meses que havia desaparecido durante um passeio de carrinho. Sempre que surgia um novo caso, as mães e os pais gritavam de susto, como se fosse um gol que decidisse um campeonato. Eles se abanavam. O suor que escorria do pescoço deles era abundante, e os bebês também ficavam úmidos.

Por volta das quatro da manhã, Rosa chegou em casa. Foi recebida por Luis, seu gato de pelagem preta profunda. Ele mal conseguia abrir os olhos. Tinha passado o dia inteiro sozinho no apartamento, sob a luz solar intensa. O gato roçou de leve as pernas de sua dona com o rabo e a ficou observando. Rosa ligou a televisão e um telejornal local exibia o rosto triste de uma mulher. "De novo", pensou. Provavelmente, as únicas pessoas na cidade assistindo à televisão àquela hora seriam o pai de Angelita e ela. Uma mulher suada narrava o desaparecimento de outra criança evaporada do banco do carro. Rosa imaginou tudo: uma mãe de vestido florido comprando comida para si e para seu filho. Atum, várias especiarias, legumes coloridos. A mulher comprava poucas coisas e escolhia a fila com menos pessoas para chegar logo até seu bebê. Ela gosta disso, aproveita. O processo é rápido, então ela já está do lado de fora e seu coração bate forte porque os pensamentos tumultuados produzem coisas desse tipo no sistema coronário. No estacionamento do supermercado, o calor é pior que em qualquer outro lugar dessa cidadezinha. Ela chega, entra no carro e sente o silêncio. Depois olha para trás e lá descobre e grita, grita, assim como a mãe de Angelita. Duas mulheres gritam em uníssono, em diferentes locais, mas na mesma cidadezinha. E não são as únicas, são duas em uma lista de várias. Sistemas especialmente projetados chegam até elas: policiais, ambulâncias, médicos, bombeiros, jornalistas. Todos chegam, as ajudam e as abraçam. Mas o mundo delas acaba de se atomizar: elas não têm mais uma família, voltaram uma casa.

Rosa toma um gole de chá para afugentar o pensamento. Luis se deita em sua barriga e faz ruídos de prazer. A mãe no telejornal agora chora, se lamenta, chora. Tudo se mistura na mente de Rosa e ela se pergunta se aquele Elías está no mesmo lugar que Angelita, embora isso não resolva nada e seja apenas um monólogo doce em seu cérebro. Decide desligar a televisão e a última imagem que fica em sua retina é a de uma mulher apavorada.

Está cada vez mais tarde, ou mais cedo, e na janela de Rosa já se podem ver os primeiros raios desse sol inabalável. O calor intenso, mas também em declínio, como um trator no campo. Luis pede piedade miando, para que a temperatura diminua pelo menos um pouco. A fantasia de dinossauro descansa, esticada, sobre os pés da cama. Rosa se questiona se realmente quer continuar trabalhando com crianças, animando seus dias antes do desaparecimento repentino. A fantasia não lhe traz respostas, e agora seus olhos estão se fechando. Com tantos bebês desaparecidos, talvez ela consiga até mesmo dormir.

Luis mia na janela, recebendo o leve vento da manhã. Ele é uma espécie de filho. Também é uma espécie. Rosa teria de começar a pensar em como seria se isso acontecesse com ela. Aprender a suportar uma ausência.

Nessa cidadezinha há uma floresta e, entre as árvores, o que faz barulho não são animais, são mulheres.

TIGRE DE TERRA

Um dos grandes predadores está à espreita. Camuflar-se no entorno é essencial para emboscar a presa. Não pode correr mais rápido que os cervos, então confia no elemento surpresa para pegá-los. Embora os tigres sejam excelentes caçadores, não é estranho que fracassem. Eles só conseguem pegar a presa uma em cada dez vezes.
[Documentário da National Geographic]

Talvez eu possa começar por aquela mulher que seca o cabelo na sala de estar, em frente ao espelho, quando tenho quinze anos. Levanta o braço esquerdo e atrás dele está enrolado um longo cabo que bem poderia causar-lhe um tropeço fatal. Eu a observo do sofá de três lugares, aquele sofá que está totalmente destruído pelas garras do gatinho que depois morrerá de causas naturais. A mulher fala comigo aos gritos, está tentando ganhar do barulho do secador elétrico, mas não tem jeito. A cada três frases, eu lhe pergunto: "O quê?". É impossível. Não consigo entender nada do que está dizendo. O cabelo loiro e volumoso sobrevoa sua cabeça e ela me olha como se fosse um espelho retrovisor. Ela precisa ir trabalhar, porque essa mulher trabalha muito para pagar o aluguel e a comida, e está ficando atrasada. Quando desliga o aparelho, tudo volta um pouco ao normal. Continuo olhando para ela. Gosto de ver a preparação de uma mulher adulta que segue com sua vida. Ela me pergunta se estou bem, pois não estou com uma cara boa. Respondo que sim, que é minha cara de sempre. Como li em algum lugar, já sei que cedo ou tarde toda casa em chamas será a minha. A mulher não me ouve ou finge não ouvir. Agora ela se penteia e maquia as bochechas. Pergunta se essa cor de blush fica bem nela, e eu respondo que sim. Parece que a única coisa que consigo dizer nessa situação é sim para tudo. Depois, se senta ao meu lado no sofá e me pede que lhe deseje boa sorte enquanto termina de fechar as botas. Eu lhe desejo boa sorte. Ela pega o casaco e sai para o hall de entrada. Canta uma música em inglês. Mal a ouço se despedindo enquanto chama o elevador. Fico sozinha nesta sala luminosa do apartamento de três ambientes em que moramos há vários anos. O gato que destruiu o sofá me olha, quase à beira da morte. Faltam-lhe os dentes e pesa apenas dois quilos. Silêncio e um raio de sol entrando pela janela. Aquela que acabou de sair é Alicia, minha mãe, e eu já sei, como uma certeza profunda, que uma mãe é uma divindade inabalável. Isso me assusta e me desespera um pouco. Mas logo penso em outra coisa e passa, porque é assim que funciono. A única coisa que destrói um pensamento invasivo é um pensamento ainda pior. Estou construindo minha pequena montanha de tijolos terríveis.

Alicia é tigre de terra no horóscopo chinês. Eu sempre a ouvi dizer que nunca teve um bom relacionamento com a mãe nem com a irmã. Com as mulheres da família. Alicia nasceu com cara de outro lugar. Não se parecia com ninguém. Admirava o pai por ser um jornalista esportivo famoso. O homem que aparecia nos jornais e à noite desaparecia da face da terra. O homem que certamente tinha amantes, famílias, tantas outras vidas possíveis. Alicia era loira e de olhos castanhos, com a pele branca e ampla, porque a pele é o maior órgão do corpo humano. Alicia tinha as cores de outras pessoas, nada de se parecer com ninguém.

Desde os seis anos, Alicia sofria de asma e então sua mãe segurava suas costas para que a menina não sufocasse, mas a menina sufocava mesmo assim, e sua irmã, que não se parecia em nada com ela, a olhava com desprezo. Alicia me diz que cresceu em uma família desestruturada, com apenas um fio de oxigênio que mal lhe permitia pensar. Mesmo assim, ela cresceu e se tornou uma adolescente de cabelo longo e loiro platinado, que convidava jovens para sua casa enquanto a mãe se enfiava na cama para ouvir rádio. Alicia dançava e conheceu seu primeiro amor, aquele que a levou para o Sul da Argentina. O centro atômico. Pesquisas básicas e aplicadas em física e engenharia nuclear. Um homem com óculos de armação grossa e gatos soltos em um jardim com flores muito brancas. Agora Alicia respirava de outra maneira e também se fazia muitas perguntas sobre o estado das coisas e do país, principalmente do país. Quando nevava, calçava botas altas e atravessava os solos congelados. Ela era a conquistadora do grande freezer.

Como são os tigres de terra? Dotado de uma natureza constante e realista, o tigre de terra é o mais intelectual de todos os tigres. Suas cores da sorte são azul, cinza e laranja. O tigre pode se dar bem com o cavalo, o cão e o porco, mas, ao contrário, pode ter uma relação muito ruim com o boi, a serpente, o macaco e o galo. Os tigres são gentis e benevolentes. Raramente se sentem cansados e têm sentimentos profundos. Às vezes, no entanto, tomam decisões audaciosas e são difíceis de controlar. As mulheres nascidas no ano do tigre são fascinantes. Amam a liberdade de se expressar através da moda e do trabalho. Este será um bom ano para o tigre de terra: faça-o saber o quanto você o valoriza!

Liguei para Alicia e lhe contei as boas-novas do horóscopo para o seu animal. Ela estava deitada na cama com um fio de voz que mal lhe saía do corpo. A depressão a tomara novamente, dessa vez de forma mais cruel, como um cachorro que se pendura no pescoço do outro para morder sua veia principal. Alicia não estava de bom humor. Mal conseguia escutar. Questionava se realmente aquele seria o ano dela. *De qual tigre você está falando? Meu Deus, onde você vê um tigre?*

    Ela tomava citalopram, sertralina, clonazepam e zolpidem. Fazia meses que não nos víamos. Não me deixavam visitá-la e isso me causava muita insegurança. Eu já era adulta naquele momento, mas não ver minha mãe me fazia caminhar indefesa pelas ruas da capital. As avenidas eram as piores: aquela rede aberta de céu e prédios, de pessoas adultas ocupadas com coisas relevantes. Pessoas sem medo usando casacos de lã ou camurça. Estar longe de Alicia me tornava volátil, e ler o horóscopo para ela era uma forma de conservação da espécie. Eu tinha a esperança de me postar na porta de sua casa apenas para sentir sua proximidade, mas Alicia pedia debilmente que eu não fizesse isso. Às sete da noite de um dia de semana, me ligou para contar que estava no terraço com seu gato nos braços. Eu lhe disse que não entendia sua ligação. Ela me respondeu que achava que eu deveria saber disto: que todas aquelas pessoas que se moviam ali embaixo, na via pública, estavam muito conectadas a algum tipo de entusiasmo e isso a deixava infeliz. Eu não podia fazer nada. Apenas escutar. Ela me pedia para ouvir o barulho da rua pelo telefone, e eu sugeria que ela voltasse para a cama. Alicia não parecia um exemplar fascinante que gostava da liberdade e de se expressar através da moda e do trabalho. Eu queria rasgar em pedaços o livro da guru oriental que só nos trazia confusões. Queria parar de acreditar que aquele seria o ano de Alicia. Minha mãe estava olhando para baixo, e aquilo era a única coisa que acontecia no resto da Terra.

Alicia se casou aos vinte anos com um nobre guerrilheiro. O centro atômico ficou para trás. Ela teve duas filhas com um ano de diferença uma da outra. Às vezes, penso que é assim que se têm filhos: em um intervalo de tempo específico e depois se segue em frente. Como uma tarefa que é melhor ser feita de uma vez. Com as duas bebês a reboque, ela foi embora de Bariloche e encontrou uma casa em Catamarca. O marido, a esposa e as filhas dormiam o sono leve daqueles que suspeitam que em breve serão procurados. O que mais comiam era frango assado, pois eram amigos de um açougueiro que lhes dava desconto. Não tinham dinheiro para material escolar ou roupas bonitas. As meninas cresceram sem esses luxos. Passou-se um ano. O marido se tornou um lobo feroz, e todo esse ímpeto que usava para a revolução se voltou contra ele: virou inimigo de sua própria casa. Alicia pegou as filhas novamente, como um alicate eterno, e fugiu para Buenos Aires. No caminho para a capital, ela abraçou as crianças e prometeu coisas das quais nunca mais conseguiu se lembrar.

Alicia anda atrás de mim. Diz que estou indo muito rápido e que ela sente palpitações. Rimos de uma mulher que passa por nós e fala sozinha. Somos maldosas, o que há de errado conosco? Como se o fato de não falarmos sozinhas nos tornasse melhores. A mulher atravessa a avenida, se pergunta e se responde. Alicia está cheia de rugas e eu sou demasiado adulta, estou naquele momento em que a imaginação virou um bloco. Minha mãe me pega pelo braço e andamos em silêncio. Vemos

três pavões através das grades, também vemos algumas lebres-
-da-patagônia. Podemos sentir o cheiro da grama molhada e
do lago do zoológico. Alicia estanca para tomar seu comprimido e eu tiro uma foto dela com meu telefone. Minha mãe
nunca sabe que a estou observando, que estarei sempre pronta
para ajudar. É uma coisa natural. Compramos os ingressos e
caminhamos rapidamente. Vários grupos familiares gritam uns
para os outros. É proibido para as crianças esticar os braços,
elas são obrigadas a fechar seus casacos. Isso também é uma lei
universal. Os flamingos tomam banho e as gaiolas de algumas
aves que não querem se mostrar exalam um cheiro forte. Minha
mãe se interessa mais pelas lanchonetes do que pela área dos
macacos. Não estamos com fome, mas paramos para olhar os
cardápios coloridos. Continuamos caminhando e agora o sol
está forte porque é meio-dia. No ar, paira um cheiro de hambúrguer e salsicha. Algumas escolas organizaram excursões no
aquário. Alicia me diz que prefere não entrar lá, que o cheiro de
urina a deixa enjoada. Que, embora não seja uma piscina, ver
crianças em lugares com água lhe dá essa sensação. Que mulher
original. Não sei de onde tira essas coisas. Vamos em frente e
agora ouvimos gritos irregulares, não são apenas juvenis, são
todos os gritos. Minha mãe pede que eu não corra porque o
coração dela está batendo forte e eu respondo que isso não é
necessariamente um mau sinal. Quero saber o que está acontecendo. Alicia vem logo atrás de mim. Um grande círculo de
pessoas com acessórios de lã não me permite ver com clareza.
O sol do meio-dia está forte, mais forte que nunca. Acho que
nunca vi o globo de fogo tão concentrado sobre mim. Ponho as
mãos sobre o rosto e faço uma viseira que me ajuda a enxergar.
Estamos na área do tigre. Uma imensa porção de grama, chão
de terra e pastagens. Uma grande placa de plástico grosso se-

para seu habitat falso do nosso. Está frio, mas também calor. Minha mãe diz que não consegue ver e já posso ouvir sua falta de entusiasmo. Desejo muito que o comprimido que ela tomou já esteja fazendo efeito e, quando penso nisso, a vejo passar. Ela avança lentamente, vejo-a passar atrás de Alicia. Alguém grita que é uma fêmea e que isso complica as coisas porque podem se sentir ameaçadas mais rápido. Imagino que seja um funcionário do zoológico compartilhando um pouco de seu saber. Dois pré-adolescentes se adiantam e tiram fotos no celular. Minha mãe me olha com um pouco de medo, embora o aborrecimento sempre a vença. Mesmo com uma criatura selvagem caminhando atrás dela, o tédio sempre vencerá. Um jovem com uma camiseta do zoológico da cidade se aproxima de Alicia e pede que ela fique quieta. Ela obedece. O rapaz fala com a felina de trezentos quilos que caminha solta e a criatura não se perturba, continua avançando em direção a Alicia, que mal vira o pescoço para ver. Quando ela volta seu olhar para mim, não há surpresa, e isso pode ser exasperante. Há duas fêmeas, duas tigresas de terra soltas no zoológico, totalmente cercadas e em profunda solenidade. Uma delas é minha mãe e ela não vê a hora, nem mesmo neste momento, de voltar para casa e descansar dessa vida tão, tão longa que a trouxe até aqui. Alicia me olha e pergunta as horas. A única coisa que importa para ela é saber quanto falta. O gato gigante anda por aqui e por ali. Uma equipe de homens vestidos de verde lança uma rede pesada e eterna que captura a fera, que também não se perturba mais. O grupo de pessoas que se aglomeraram para observar também fica entediado e procura comida, porque está na hora do almoço. Uma operação gigantesca tenta devolver a tigre fêmea ao seu lugar. Alice boceja. Este será um bom ano para o tigre de terra: faça-o saber o quanto você o valoriza!

JOHN SULLIVAN

A luta foi aterrorizante. Começou às dez e meia da manhã e durou mais de duas horas. Parecia indicar que Sullivan ia perder o combate, pois no quadragésimo quarto assalto ele começou a vomitar. Aparentemente, tinha bebido uísque congelado. Mas isso não impediu Sullivan de continuar lutando até o assalto de número setenta e cinco, quando Kilrain jogou a toalha. John Lawrence Sullivan, The Boston Strongboy, *tornou-se assim o último campeão mundial de boxe com os punhos nus.*
[Documentário da National Geographic]

John L. Sullivan foi o último campeão peso-pesado com as mãos nuas e o primeiro dos campeões com luvas. Ele foi o primeiro herói esportivo americano e, à noite, fala no meu ouvido.

Saí do colégio às seis da tarde. Com um lenço de papel, cobri o machucado no olho. Não era a primeira vez que Lili, Sofia e Ruth me batiam. Cheguei em casa e me tranquei no quarto. Os socos não foram fortes, mas deixavam ver algumas linhas de sangue. Nunca mencionei que os golpes vinham de mãos femininas. Também não me perguntaram. Naquela noite, meu pai pendurou a fotografia no meio da sala. Ele me disse que a comprara depois do trabalho em uma loja de itens usados. Jantamos em silêncio, ele não percebeu o olho roxo, eu também não permiti que ele visse. Assistimos a desenhos animados com personagens cruéis uns com os outros, que se armavam emboscadas mortais. Fomos dormir, mas não consegui pegar no sono. Desci para a cozinha e enchi um copo de água quente, recém-saída da torneira. Sentei-me na poltrona em frente à televisão. Silêncio. Eu não era ninguém na ausência de eletricidade, e ali atrás estava a fotografia. Dois homens corpulentos, suspeito que pesos-pesados, se socavam com cuidado. Um era branco e o outro negro, igual a mim. Tentei me encontrar na foto, mas não consegui; no corpo de todo homem adulto estava meu futuro, embora aquela foto me deixasse ofegante. Por que dois homens seminus decoravam a sala de estar da minha casa?

A tarde passou lentamente no pátio descoberto da escola Osborn. Lili, Sofia e Ruth me espiavam por trás dos escorregadores azuis durante o recreio. Tentei não olhar para elas, mas não teve jeito: a qualquer momento viriam os socos. Elas não gostavam de corpos gordos e opacos como o meu. Foi Sofia quem comandou as outras e eu as vi se aproximando. Brancas, magras e frágeis: aquela aberração da genética. A última coisa de que me lembro claramente são as três testas franzidas olhando fixamente para mim. A decepção estava evidente em cada poça de sangue que poderia jorrar dos buracos de meu nariz. Sempre que se afastavam, elas o faziam com um sorriso. O restante de meus colegas não demonstrava reação, eles apenas ficavam em fila esperando os balanços desocuparem.

Enquanto olhava e apontava para a fotografia, meu pai falava comigo: "O boxe é uma arte marcial do Ocidente, não tenha medo. É um dos esportes mais nobres que existem: um corpo contra o outro. Não há terceiros. As regras são claras. Não se pode bater na nuca ou atrás da cabeça, tampouco pisar, chutar ou morder o oponente e muito menos virar as costas e evitar a luta. Isso nunca. Um ou outro homem já pode ter morrido no ringue, mas isso não significa que o boxe seja mortal. Passear com um cachorro em uma rua escura ou viajar de ônibus rodoviário para alguma localidade remota, mas cheia de árvores, também pode levar à morte".

Fui dormir tarde. Deixei a televisão ligada em um canal de notícias silenciado, onde carros da polícia perseguiam carros civis na Interestadual 96. Ouvi vozes masculinas vindo da sala de estar. Fiquei assustado, mas caminhei naquela direção. Não pude ver nada, apenas vestígios de pelos do gato ao redor do sofá, almofadas no chão. Uma luz branca tentando se infiltrar pela cortina de tecido. Ouvi novamente, quem eram eles? Lá fora, nenhum corpo se movia, nenhum aparelho de rádio estava ligado. Era como se dois homens estivessem discutindo em voz baixa.

Aquela noite foi a primeira vez que ele falou comigo. Disse que se chamava Sullivan, nascido na cidade de Boston, Estados Unidos, em 15 de outubro de 1858. Ele disse que em algumas noites se sentia um deserto, e que a luta poderia ser a atividade mais solitária do mundo. Não apenas no ringue havia uma tentativa de afastar, despedir, atomizar o outro, mas também fora dali, onde o esporte entrava em pausa. Foi difícil para mim acompanhar o raciocínio desse último comentário. Fiquei olhando o pôster na parede. Ainda não conseguia entender completamente. Toquei minha pele: eu era sim parte deste mundo. Que alegria. Na escuridão, eu poderia ser ninguém, exceto por uma única coisa que afirmava tudo: meus globos oculares.

Depois de levantar minha camisa acima da cabeça, elas me empurraram contra a parede de granito. Eu consegui não me machucar porque me segurei com as mãos. Elas diziam "Palmas brancas" repetidamente. Lili, Sofia e Ruth eram inteligentes.

De madrugada, ouvi de novo: John Sullivan. Cumprimentei-o e ele ficou feliz; além de me perguntar como eu estava indo com minhas colegas, me perguntou também se eu estava apaixonado por alguma delas. Respondi que não. Ele me aconselhou sobre o bom uso do corpo e sobre táticas para cair de pé, para deter os golpes com as mãos. Também me disse que isso logo passaria. Que era apenas necessário me sentar e conversar, assim como eu estava fazendo com ele, impresso em um cartaz colado com fita adesiva na parede da sala, que meu pai comprou em várias parcelas em algum centro comercial da Interestadual 96.

Claro, não contei nada ao meu pai sobre as vozes. Em vez disso, perguntei quem exatamente era John Sullivan. Ele me mostrou fotografias muito antigas que guardava em uma pasta, lá no fundo do guarda-roupa. Várias delas o mostravam parado, com os braços cruzados, da mesma forma que Lili, Sofia e Ruth faziam. Notei uma semelhança que quase me fez chorar. Meu pai se inclinou para perto do meu rosto. Perguntou se eu estava chorando e eu neguei. Guardou as fotos e saiu para o corredor da casa, acendeu um cigarro. Ele me deixou sozinho novamente. Agora eu tinha tantas imagens de Sullivan na cabeça, tantas imagens do corpo em combate, mas acima de tudo disto: do corpo.

Em vez de me afastar com a cabeça baixa diante do grito de "palmas brancas", como sempre fazia, caminhei em direção a elas com os punhos cerrados. O gesto as intimidou. Elas seguraram o penteado enquanto o vento bagunçava seus cabelos. Eu as encarei fixamente. Falei sobre as regras do boxe e como as brigas eram corpo a corpo. Falei sobre leis estabelecidas um século atrás. Foi a primeira vez que me ouviram atentamente: sempre surpreende ouvir alguém que consegue articular o enredo cerebral. Disse a elas que meu pai as convidava para almoçar em minha casa. Menti.

Elas caminharam comigo, me escoltando, embora estivessem assustadas. O vento novamente bagunçou seus chapéus e espalhou folhas e canetas pela rua. Sorri para elas, que me olharam sérias. Tudo que estivesse relacionado ao meu bairro e à minha casa as deixava perplexas. Os vizinhos escuros as observavam passar com expressões de incredulidade. Meu pai ainda não tinha voltado do trabalho. Eu as convidei para entrar. Elas ficaram surpresas ao ver que minha casa se parecia tanto com as delas. Pediram licença. Era estranho não estar mais em contato com seus corpos.

 Até hoje, ainda guardo aquela imagem: Lili, Ruth e Sofia sentadas no sofá da minha sala. Vejo suas costas e, diante delas, o pôster de John Sullivan lutando corpo a corpo com um homem musculoso, brilhante e negro. Não fica claro quem está ganhando o jogo. Acredito que elas conseguem falar com John, porque movem a boca. Percebo tudo à distância. Ruth, a mais sensível do grupo, às vezes se emociona e chora. Ou talvez tenha medo. Nunca as tinha visto daquela forma, empilhadas nas dependências da minha casa, conversando com um pôster pendurado na parede. Como todos os dias, consigo ouvir carros que vêm e vão da Interestadual 96. De vez em quando, também ouço freadas, embora às vezes possa confundi-las com um grito.

FÚRIA

*Na madrugada de 24 de março de 1976,
o tenente-general Jorge Rafael Videla fez
um comunicado na rádio nacional argentina
informando à população que o governo
constitucional de María Estela Martínez de Perón
tinha sido deposto e uma ditadura civil-militar,
liderada pelos mais altos cargos dos três exércitos,
estava sendo instaurada. Surgiu na Argentina um
regime autoritário que duraria até 1983.*
[Documentário da National Geographic Wild]

Tudo começa com o recorte do perfil de uma jovem de vinte anos. Ela tem cabelos na altura dos ombros e um penteado desfiado nas pontas. Ao fundo, vemos uma floresta em preto e branco e, mais lá no fundo, entre árvores densas, um pequeno círculo branco que deve ser o sol da manhã. A paisagem é Bariloche, e ela olha para cima porque sabe que está sendo retratada. Está vestindo uma blusa de gola alta, e suponho que o que ela está fazendo com os braços seja se segurar na árvore. Não consegue fazer isso com muito sucesso. Sua espessura a torna inatingível, como um humano com o estômago avantajado. Essas são coisas que os nativos do Sul costumam fazer. Personificar pontos específicos da natureza. Ela acha graça nisso. Mostra os dentes.

Alguns anos depois, ainda na juventude, a mesma garota segura o telefone branco típico dos anos 1970. O penteado, dessa vez, é dividido ao meio e mais curto. Seu cabelo é denso e viçoso. Óculos de armação grossa marrom denotam a época e o desejo de estar na moda. Ela está sentada a uma mesa cheia de papéis escritos em espanhol e diante de uma máquina de escrever sem folha. Está em pleno horário de trabalho e algum colega impiedoso apertou o disparador da câmera para retratá-la. O suéter branco sem mangas revela um torso robusto. É porque nessa época as mulheres engravidam jovens, pois se unem aos homens por ideais em comum. Esqueci-me de uma mão: a esquerda. Um lápis amarelo anotará um número de telefone que ninguém poderá saber, e também um endereço. Esses dados, provavelmente, salvaram a vida de alguém.

O lugar em que ela trabalha já está cheio de espectros. Não falta nem uma semana para que ela entre em um navio e abandone a planície dos pampas por um tempo.

Alguns anos depois, em Portugal. Comprar um novo par de óculos, muito parecido com o anterior. Quem diria que no fim do mundo fazem óculos semelhantes. Tomar sol na varanda do apartamento emprestado. Bastante raio ultravioleta. Camuflar-se. Aprender superficialmente o idioma. Fazer compras no supermercado da esquina, aquele que parece dos anos 1940. Consumir muito queijo porque na Europa é barato. E tomar duas xícaras de café pela manhã para se manter acordada. Hospital português, a primeira menininha. Seu nome é Susana Susanita. Embora tenha nascido em Portugal, Susana sempre será argentina. Chega um vestido amarelo tricotado à mão enviado por sua avó de La Pampa, com alguns pesos para trocar lá. E um bilhete que diz: *Como você está?*

Nossa mulher vive com um homem em Portugal, que não aparecerá muito na história. No entanto, seu corpo fica grávido e aparece uma segunda filha, que nadou muito na barriga enquanto sua mãe explorava a fundo os terrenos agrícolas da Alfama, nos arredores de Lisboa. É em uma dessas caminhadas que a mãe descobre que uma ovelha a segue com o olhar fixo, perplexa, enquanto cospe bolas de sua própria lã.

A segunda filha se chama Leticia e é mais frágil. Nasce com problemas nos pulmões e precisará estar sempre cercada de natureza. Perto de um vento que sopre ar fresco, diretamente extraído de alguma árvore. Nunca vento de ventilador, pois assim Leticia morre, e ninguém quer um bebê morto em Portugal. Ninguém quer uma bebê morta em um país estrangeiro que fala um idioma com sonoridades arredondadas.

Toca João Gilberto em um bar. Dançam. A jovem mulher que foi mãe duas vezes e o marido que não é mencionado. Ele acaricia o fim das costas dela, o começo do outro. Sobre o tecido daquele vestido, todo contato parece amigável. O cabelo dela está armado como se um avião estivesse pousando constantemente sobre os dois, causando agitação. Eles estão de olhos fechados. Não pensam em seus passos sobre o chão. Se prestarem atenção, podem ouvir que lá fora, entre os arbustos do clima europeu, alguns animais ainda não comeram.

Esta será sua última noite.

Chega mais um pacote. Um casaquinho bordado à mão. Um cartão que diz: *"Aqui não estão mais bombardeando. Fiz na cor branca porque não sabia se era menina ou menino. Agora vocês podem voltar. A Argentina quer assimilar vocês três".* Passa um ano e, então, as três embarcam. O homem que foi pai em Portugal decide ficar lá por causa de uma fábrica de alpargatas. Adeus aos cadarços para sempre, adeus à complicação na hora de tirar os sapatos.

Bariloche outra vez.

Susana tem dez anos; Leticia, nove. Os pulmões ainda não estão completamente bons. Toma um remédio branco com sabor de leite. Bem doce. Você tem que tomá-lo todas as manhãs, diz a mãe. A avó traz o café da manhã. Conversam sobre o remédio.

— Esse líquido pode me salvar?
— Sim, querida.
— E por que faria isso?

No pátio da casa do Sul, a mulher agora tem trinta e dois anos e usa um maiô azul da marca Sergio Tacchini. Ela não sabe de quem é. Foi esquecido em uma casa vizinha. A espreguiçadeira de madeira a envolve confortavelmente, e atrás estão paradas elas: Susana e Leticia. Ambas de maiô, também. Corre o ano de 1980. Há grama no chão e atrás, um galinheiro com trinta e quatro galinhas que depois tiveram de ser sacrificadas porque nunca puseram um ovo sequer. A mulher se levanta da espreguiçadeira, provavelmente, e pergunta a quem segura a câmera quantas fotos restam no rolo.

Elas visitam algumas montanhas e Leticia pode encher seus pulmões de ar puro. A mãe a segura nos braços e a aproxima da copa das árvores. Leticia abre a boca e deixa que um halo de frescor percorra sua garganta. Agradece em silêncio por poder dispensar os remédios naquela noite. A bateria está carregada e durará semanas. Susana, a irmã mais velha, olha para ela do chão. Graças a um livro didático da Santillana, ela consegue aprender os nomes das árvores que poderão salvar, sempre, sua Leticia.

As três regressam a Buenos Aires. Chegam cansadas após dez horas de viagem de ônibus. Dentro de uma das bolsas, uma embalagem de creme de leite derramou. É uma pena, porque o livro didático está destruído e terá de ser descartado para sempre. Agora a irmã mais velha precisará confiar em sua memória.

A mulher aluga um apartamento no subúrbio para todas elas. Compartilham o mesmo quarto e isso é conveniente: pela manhã, nunca haverá margem para erros no despertador.

Nos arredores, perto de Campo de Mayo, na localidade de San Miguel, vive um homem que uma noite entra em um bar usando no pescoço um colar com a imagem de Jesus Cristo. Procura seus amigos com o olhar e percebe que eles ainda não chegaram. Pelos alto-falantes, um jogo de futebol de um time brasileiro está sendo transmitido. O homem ouve e respira com a boca aberta. Durante esse exercício, ele vê a mulher, que agora já é mais velha e tem duas filhas. Ele se aproxima dela e oferece um chá quente. Ela aceita. Deixou suas filhas sozinhas lavando a louça e se permitiu a ousadia de se rodear de pessoas da sua idade. Gostam um do outro. Estão bronzeados, combinando com a madeira do lugar. Eles se atraem visualmente. O rosário dele se choca com o pescoço dela. Os dois pedem desculpas. Sorriem.

Em um canto deserto, a mulher e o homem se beijam e deixam suas bochechas babadas. Eles babam tanto que depois passam as mangas das camisas por essa parte do rosto, um pouco corados devido à paixão que demonstraram no meio de uma avenida nos subúrbios de Buenos Aires. Meses mais tarde, a pedido dela, o homem aceita tirar o rosário do pescoço. Depois, ele conhece Susana e Leticia. Ambas parecem suficientemente agradáveis, então ele as convida a passar o dia na *Furia*, sua lancha de tamanho médio.

No delta do rio Tigre, o que parece ser uma família comum navega em uma embarcação extremamente rápida. O homem ensina truques para as meninas, e os pulmões de Leticia se abrem em contato com a vegetação. É porque o apartamento em que vivem é muito urbano, mesmo que a mãe tenha enchido a varanda de heras e avencas. Leticia pede ao homem para ensiná-la a dirigir, e durante um longo tempo a única que controla a *Furia* é a menina de doze anos. Também usam maiôs aqui, todas elas. Não gostam de mostrar o umbigo, o começo das coisas.

A mulher, que agora tem trinta e oito anos, decide se casar com o dono da lancha. Eles fazem isso em um salão revestido de madeira, com alguns cartazes feitos à mão que dizem "Felicidades aos recém-casados". A mulher parece feliz. Está usando ombreiras. Um fotógrafo profissional a retrata exatamente quando ela está secando uma lágrima do olho. Assim que ele termina, ela se aproxima e pergunta ao homem quantas fotos ainda restam naquele rolo.

Nesse casamento, as que mais dançam são Susana e Leticia. Ninguém entende que, embora tenham nascido em Portugal, sejam argentinas. Elas dançam e dançam, a mãe as vestiu de cinza e este é o momento mais emocionante da vida delas. Rodeadas por pessoas que estão vivas, que nada têm a ver com histórias de desaparecimento.

Em certo momento, Leticia fica sem ar. Ela se agarra à toalha da mesa. Ninguém percebe. A lembrança sobre o desaparecimento foi o que tirou o ritmo de sua boca, da garganta, dos pulmões. Nessa tontura, ela consegue ver como tudo fica escuro, prestes a se apagar, como uma televisão de catorze polegadas. Susana a belisca, mas não adianta, então ela corre para avisar a mãe, que está se olhando no espelho do banheiro do salão. A mãe arruma as ombreiras. Relembra sua vida e suas viagens, todas as aterrissagens que teve que enfrentar nos aviões. As três vezes que evitou mostrar o documento de identidade para atravessar a fronteira. Os amigos que já se foram, que nadam no rio sem saber.

Há um grupo de argentinos ao redor de Leticia, desejando que a menina portuguesa melhore. Que sobreviva. Que consiga um pouco mais de ar. Abrem o vestido dela, puxam os dedos de sua mão. Contam histórias de coisas que viram na TV. O recém-casado a leva nos braços para fora do lugar. Ele a põe ao lado de uma árvore que está em um canteiro na rua. Susana sabe que aquela espécie de árvore será útil. Ela sabe porque estudou, porque se lembra. Porque nem tudo desapareceu.

A menina fica quieta e recostada por um tempo, com o vestido cinza cobrindo suas partes.

Susana está ao lado da irmã. Sempre está. Recorre a um fado que aprendeu no interior de Portugal. Sussurra-o. A árvore fez seu trabalho, pois Leticia recupera a atividade pulmonar. O recém-casado a leva de volta ao salão. Toca a cabeça da menininha e a aconselha a não se mexer muito. O casamento continua. A mãe segue trancada no banheiro, olhando as ombreiras do vestido, a maquiagem nos lábios, recordando a espessura daquela árvore em Bariloche. O tronco inabarcável. O reflexo vital. A menina não sufocou. Tudo começa de novo. Trata-se simplesmente da emoção dos primeiros bailes.

PLANTAS SEM TUTOR

A filosofia do pescador se baseia em um extremo respeito pelas capturas. Não se trata apenas de soltar o peixe uma vez capturado, mas de manejá-lo com muito cuidado.
[Documentário da National Geographic]

Cheguei atrasada para buscar Camila, então peguei o primeiro táxi que passou na esquina da minha casa. Dei a ordem e me olhei no espelho retrovisor do motorista. Não tinha tomado banho nem penteado o cabelo, embora essa falta de vontade não fosse algo novo para mim. Notei que o taxista mal alcançava os freios do carro. Era um homem pequeno e branco, daqueles que já viveram de tudo o que cabe em uma conversa. Viajamos quase em silêncio, exceto por alguma propaganda ocasional no rádio que conseguia chamar minha atenção. O carro avançava devagar, como se dependesse do sistema nervoso daquele homem. Fiquei ansiosa, apertei os dedos. "Estou com pressa", disse a ele. Podia sentir o odor de bactéria vindo da minha axila. "Sim, vai chover", respondeu o homem ao volante. O diálogo impactante. Pouco depois, saí do carro com o coração acelerado e lá estavam eles: homens e mulheres excessivamente agasalhados, ilustrando a cena da espera.

Inés, Rita e Lucrecia eram, acima de tudo, mães de crianças em pleno crescimento. Elas cheiravam a colônia de menina ou de menino e usavam delicados anéis de ouro em diferentes dedos da mão. Conforme eu me aproximava, podia ouvi-las. Elas se destacavam do resto, a responsabilidade encarnada em um par de jeans e uma camiseta básica. Tornaram-se grandes amigas durante esses momentos de espera. Quase sempre levavam os casacos de seus filhos pendurados nas mãos. Não importava a estação que fosse, elas sempre traziam alguma peça de roupa extra, caso necessário. De náilon, de algodão, com capuz ou às vezes simplesmente capas de chuva amarelas. As três tinham capas amarelas porque acreditavam que dessa forma nenhum carro poderia atropelar suas crianças menores de quatro no caso de saírem destrambelhadas para a rua.

Eu não era amiga delas. Toda vez que as cumprimentava, elas olhavam para mim como se esperassem que eu dissesse a palavra-chave, o que anunciaria minha entrada naquele grupo de amigas. Mas eu não conseguia juntar as peças exatas. Apenas ficava olhando a camisa passada delas, a risca que dividia o cabelo no topo da cabeça, os dentes de pasta branqueadora. A atenção especial que, imaginava eu, cada uma devia dedicar ao filho no dia a dia. Uma semana antes, decidi que deixaria de cumprimentá-las. Naquele momento de silêncio entre minha saudação e o olhar delas, meus pensamentos se dispersavam bastante. E eu não queria mais me distrair.

O sol rachava o caminho de granito que contornava a saída da escolinha particular. Ouvi Lucrecia elogiando a diretora da instituição, embora Inés e Rita não tivessem a mesma opinião. A diretora era uma mulher que mal identificava números e letras; ela já tinha mais de cinquenta anos de serviço naquela escola e, mesmo assim, ninguém conseguia tirá-la de lá. Lucrecia insistia que a paixão que a mulher nutria pelo ofício era admirável. Inés mudava de assunto quando precisava, com certo regozijo, narrar o episódio do cabelo infestado de piolhos de seu filho. Aqui prestei especial atenção: ela dizia que os piolhos tinham o dom da visão e que em apenas uma cabeça poderiam ser milhões; que não apenas sugavam o sangue que circulava nas veias de sua criança, mas também faziam com que o cabelo dela caísse. Inés pedia conselhos sobre novos pesticidas para combater a praga, pois não queria um filho de três anos meio careca. As outras duas a olhavam, sérias. Uma criança careca?, pensei. Lembrei-me do taxista octogenário tentando soletrar o nome de uma avenida importante em nossa grande cidade.

As três ficaram em silêncio.

— É incrível como crescem — Inés disse às duas amigas.

Rita e Lucrecia disseram sim em uníssono e, depois, acenderam cigarros não tão mortais.

Apoiei-me em uma árvore milenar e olhei para a hora. Nunca tinha ficado até tão tarde. Vi um pai com um bebê em um carrinho tocando a campainha da escola. Os outros pais e mães olhavam para ele. Dez minutos se passaram e ninguém respondeu a esse chamado. O homem voltou para o celular abandonado ao lado do corpo de seu bebê e continuou jogando Tetris.

— Faz mais de quinze minutos que eles deviam ter saído — disse Lucrecia, e sentou-se à entrada de um edifício com porteiro, bem ao lado da porta da escola.

Depois de um tempo, foi Inés quem tocou a campainha. Eu nunca faria isso. Poderia esperar horas antes de chamar a atenção. Me aconcheguei novamente ao lado daquela árvore encarquilhada. O pai do bebê abandonou de novo o telefone e olhou para a porta. As outras mães e pais começaram a sussurrar algo que não consegui entender; só ouvi gritinhos misturados com nomes próprios. Minha filha Camila tinha cinco anos, estava na sala Vermelha da educação infantil. Era comum que as crianças mais velhas saíssem mais tarde, repeti a mim mesma. Não me preocupei até que Inés tocou a campainha pela segunda vez. Eu nunca entraria numa conversa sobre piolhos ou agasalhos com essas mulheres, mas, mesmo assim, comecei a entender a urgência delas. O programa de televisão do meio-dia já estaria prestes a terminar, as crianças não poderiam comer concentradas em frente à TV se a programação desse canal mudasse. Como eles fariam agora para encher o estômago de suas crianças sem que isso se tornasse uma guerra?

 O pai do único bebê fechou o punho e o bateu com força na porta de madeira da escola. Foi aí que comecei a pensar em Camila. Será que ela já tinha cantado o hino nacional? O bebê no carrinho chorou com a voz desconsolada de alguém que acorda nu no meio da rua ao meio-dia. O homem batia na porta com uma fúria que me envergonhou. Foi então que fiquei alerta, me recompus, abandonei a árvore na rua, levantei as costas. Vi Inés fazer três ligações pelo celular que, evidentemente, ninguém atendeu. Lucrecia ainda estava sentada na entrada do prédio, atenta a tudo e a nada, com um medo paralisante. Rita começou a falar com o zelador do prédio em frente. Vi como as veias do pescoço dela foram ficando azuis, como o sangue daquela mulher perto dos quarenta se acumulava todo ali. Naquele lugar exato onde o corpo está trabalhando demais. A mão daquele pai agora tremia. Eu o olhei. Num instante, trocamos olhares e percebi sua raiva. O bebê chorava imitando a fúria paterna, inflado como um balão novo. Inés, Lucrecia e Rita agora choravam de nervosismo. Eu, embora ereta como uma recruta, permanecia neutra. Logo alguém me traria Camila de volta, e tudo o que eu sabia fazer era usar meus olhos.

Transcorreu meia hora. Inés, Rita e Lucrecia agora se revezavam para bater na porta, porque seus punhos estavam vermelhos, quase sangrando. O grupo de pais ao redor da porta da escolinha estava aos gritos, que se misturavam com as buzinas ao redor. As pessoas passavam e ficavam olhando, como quem se deixa envolver por um acidente de trânsito. Eu olhei para o relógio. E Camila?

Depois de um instante, pude ver a porta de madeira se abrir. Houve silêncio na calçada. A única coisa que continuou foi o barulho dos pneus dos carros. Inés, Lucrecia e Rita se agruparam novamente, dando apoio umas às outras. No céu, as nuvens escureceram e um raio se anunciou.

As amigas estavam conectadas: a amizade as tornava réplicas em ação e pensamento. Atrás do tumulto, pude ver o rosto da diretora da instituição, aquela mulher bastante idosa. Ela se mostrou por completo e nos olhou fixamente nos olhos, como uma bruxa de antigamente. Alguns ficaram hipnotizados. As amigas perguntaram onde estavam seus filhos, suas filhas. A diretora não respondeu, permaneceu em silêncio. Houve uma pausa.

Atrás da diretora, pude ver claramente vários corpos caminhando em direção à porta. Pareceu estranho, quem eram eles? Saíram um por um em fila, assim como nossos filhos fazem obedecendo a qualquer ordem.

Não reconheci o primeiro homem. Seus braços eram muito peludos. Ele olhou pela porta e calmamente procurou o olhar de uma mulher quase da mesma idade. O homem tinha uma mochila colorida pendurada nas costas e o cabelo escasso em algumas áreas. Ele caminhou em direção à mulher e a cumprimentou com um beijo na bochecha. Ela soltou um grito.

Ali atrás, como disfarçada, uma mulher em seus trinta anos caminhava em minha direção com o mesmo entusiasmo com que as crianças procuram os pais. Seu cabelo era uma manta que lhe caía pelos ombros, as roupas em tons pastel, uma mochila pequena com alças fluorescentes amarelas e um chaveiro de pompom de coelho branco. Nenhum dos pais e mães emitiu som, exceto a mulher que soltava gritos. Os passos desses jovens na casa dos trinta eram firmes, às vezes rítmicos, no asfalto da calçada da escola.

A mulher adulta caminhou em minha direção com o chaveiro de pompom de coelho pendurado na mão. Deu um salto, e seu cabelo balançou também. Ela me olhou confiante. Aproximou-se como os filhos se aproximam. Quando olhei ao redor, percebi que a situação havia triplicado. O homem com o bebê estava atônito, e o bebê chorava de novo, com uma tristeza infinita, como se isso fosse possível. Os bebês podem chorar eternamente, não é necessário tocá-los, levantá-los, oferecer-lhes algo. Os jovens na casa dos trinta continuavam se aproximando daqueles pais com os nervos em frangalhos, fora de si, como fios elétricos de eletrodomésticos que ninguém conseguiu consertar.

Esses adultos eram nossos filhos, só que crescidos, transformados, aprimorados. Camila me olhava sem entender minha surpresa. O mesmo acontecia com os outros pais e mães e com aquele bebê, que desconhecia absolutamente seu irmão mais velho agora adulto, peludo, robusto e falante.

A escolinha demorou para abrir as portas, mas cumpriu o que prometeu. Nos devolveu nossa descendência. No caminho, algumas coisas aconteceram. Inés, Lucrecia e Rita olhavam para seus filhos, inflavam os peitos como pelicanos. As capas de chuva amarelas lhes escapavam das mãos trêmulas. A diretora da instituição parecia não se importar. Ela observava a situação como se fosse apenas mais um dia comum, com uma umidade extremamente alta.

A calçada da escolinha foi o lugar mais silencioso da cidade onde moro naquela tarde de dia de semana. Sem dizer uma palavra e sem tirar os olhos de minha criança aumentada, chamei um táxi. As primeiras gotas já estavam caindo e o guarda-chuva violeta de minha filha era pequeno demais para abrigar nós duas.

PAISAGEM DE AMBULÂNCIAS

*A tragédia da Cromañón foi um incêndio
ocorrido na noite de 30 de dezembro de 2004 na
discoteca República Cromañón durante um show
da banda de rock argentina Callejeros.*
[Documentário da National Geographic]

Marcos tem quatro anos e nunca se incomoda que eu o leve pela mão. Assim que sai do jardim de infância, ele sabe que a ordem é que entrelacemos os dedos, simulando intimidade, e caminhemos juntos até o ponto de ônibus que nos deixa na porta do prédio dele. Faço algumas perguntas sem importância e Marcos me responde apenas com monossílabos. Chama minha atenção o fato de o resto do mundo nos observar enquanto caminhamos, a forma como eles desenvolvem suas hipóteses. A garota que engravidou jovem e não teve opção porque a família não podia aceitar a ideia de que uma criança, ainda cega, morresse por decisão de sua própria mãe. Como essa jovem lida bem com a maternidade. O quão pouco a criança se parece com ela, embora, se olharmos de perfil, talvez possamos encontrar algum fio dessa genética selvagem, apressada pela imprudência juvenil.

Quase sempre, na mesma hora, a mãe de Marcos me liga para saber se está tudo bem. Eu envio uma foto do filho de uniforme, subindo um degrau no parque do bairro, olhando para o céu, para algum carro que passa ou talvez para a câmera. Nadia, a mãe de Marcos, sempre responde com um emoji de coração no meu celular. Esse símbolo é o que melhor representa o que Nadia sente ao ver quase sempre a mesma imagem de seu filho. Quando andamos de ônibus, eu olho para a nuca de Marcos. Há uma grande quantidade de cabelos pequenos, em miniatura, esperando para crescer com a potência de um carro recém-saído da fábrica. Há algo que me atrai na vitalidade da criança de que cuido. Marcos é um exemplar tranquilo. Ele não faz grandes travessuras nem solta os gritos clássicos da maioria de seus contemporâneos, mas, mesmo assim, há algo que me perturba nessa imagem tão clara e concisa do cabelo esperando para crescer com um impulso furtivo. Eu poderia passar horas admirando a vitalidade dessa criança que ainda sabe muito pouco.

Quando descemos do ônibus, Marcos volta a segurar minha mão. Ele sorri e pressinto que espera que eu faça o mesmo, então faço. Se passamos por algum espelho ou vitrine, nos olhamos e acenamos, brincando como se houvesse alguém do outro lado. Nesse horário, muitas crianças saem das escolas, então cruzamos com várias delas, que por sua vez olham para Marcos. É como uma onda de corpos cheios de energia envoltos em aventais azuis, vermelhos e às vezes verdes.

No apartamento, a primeira coisa que fazemos é ligar a televisão. Peço à criança que lave as mãos enquanto leio o bilhete que Nadia deixou com as instruções do que cozinhar para seu primogênito. Ao fundo, o que se ouve é o noticiário do meio-dia. Uma mulher foi encontrada baleada na porta de casa. Marcos já está tentando subir em sua cadeirinha especial para comer e me pede por favor que eu coloque um guardanapo nele para que não se suje. Evidentemente está muito bem encaixado na educação sanitária. A água da panela já está fervendo e eu coloco ali dentro o macarrão, que encolhe bem rápido e se transforma naquela massa que todos comemos. Marcos grita da sala para que eu mude de canal. Agora sim ele está gritando, agora sim está mostrando sua idade. Peço que ele espere. Ouço uma notícia de última hora, um apartamento está pegando fogo no bairro onde estamos. Muito perto daqui. Felizmente, não é nada de grandes proporções. Uma mulher fica presa na cozinha, mas os bombeiros conseguem resgatá-la com sucesso. Marcos insiste para que eu mude de canal. Não sei se as imagens lhe parecem entediantes demais ou simplesmente insuportáveis.

    O macarrão já está fumegando. Quando me sento ao seu lado, assopro a garfada para que não queime Marcos. Ele agradece por isso, um gesto digno de irmã, de tia, de mãe, de uma mulher que poderia amá-lo para sempre. Quando estou prestes a trocar de canal, o noticiário traz algo que me causa um tremor familiar. Em um mês exato a partir do dia em que estou trabalhando, cuidando à tarde de um futuro adulto, completam-se dez anos da noite do show. Marcos olha para mim sério porque parei de me preocupar com a temperatura de seu macarrão. Sei que o que está sendo mostrado na tela da televisão não são imagens para uma criança e, ao mesmo tempo, o que se vê ali é uma criança atrás da outra, e outra, e outra, e outra.

    Nesse momento, o telefone toca no apartamento e eu corro para atender. Não consigo parar de olhar as imagens na TV. Marcos já começou a comer, sou uma boa cuidadora. Quem está ligando é Nadia, mais uma vez, para saber se tudo relacionado ao filho está em ordem. Se o crescimento de seu filho está seguindo o que ela espera, o ideal, o menos pior.

Quando me sento de novo, Marcos já terminou de comer. Decido desligar a televisão, mas minhas mãos ainda estão tremendo. Pego um copo de suco de maçã misturado com pera, o favorito de Marcos. Ele me pergunta por que estou sempre assustada. Não sei o que responder. Acho que é algo que se impregnou em mim. Marcos estende seu bracinho e faz cafuné no meu cabelo.

Eu tinha quinze anos e ouvia música em um aparelho eletrônico onde os CDs pulavam constantemente. Eu morava com minha mãe e ela me sugeria que consertasse o aparelho, mas eu me recusava. Já estava acostumada com os pulos em certas partes das músicas. Tinha incorporado a falha. Todos os dias, eu acordava às seis da manhã e caminhava no escuro até a minha escola pública, com a mochila nos ombros e o bilhete do metrô nas mãos. Me encontrava com meus colegas na porta do prédio antigo e nos abraçávamos sonolentos, hálito de pasta de dente, falando sobre os discos que íamos ouvir quando voltássemos para casa, à luz do dia. O que mais gostava nas bandas que eu acompanhava era das letras: tentava imaginar o compositor — que geralmente era o vocalista — sentado à mesa da cozinha de sua casa, escrevendo em um caderno quadriculado de capa mole, tentando rimar palavras para criar sentido. E ele conseguia. Mas minha banda favorita era uma só, e uma de minhas músicas favoritas do terceiro disco deles começava com uma orquestra de violinos inesperados e relatava sóis, luas e o detalhe dos olhos de uma garota muito jovem, que usava franja, cabelos longos e não esperava ser a musa de ninguém. A banda fez três shows seguidos em uma casa noturna de um bairro próximo a uma estação de trem. Me deixaram ir com a condição de que eu fosse com o irmão mais velho de um dos meus amigos. A maioridade era uma espécie de garantia para minha mãe e meu pai.

O primeiro show foi um sucesso, disseram os jornais. Na noite seguinte seria o segundo, aquele a que eu iria, para o qual havia comprado ingresso. Chegamos no horário e quisemos entrar, nada de esperar na porta. Fomos revistados, tiraram nossos tênis, as mochilas, levantaram as camisetas. Fazia muito calor. O lugar estava lotado de pessoas que poderiam ter sido meus amigos, com camisetas idênticas à minha e tênis da mesma marca. Para subir a escada até o primeiro andar não havia lugar onde apoiar um pé, a quantidade de potenciais amigos era excepcional. Poderíamos construir uma torre até o céu com todos nós. Vi garotas sendo carregadas nos ombros dos rapazes, crianças dançando no colo dos pais enquanto as mães batiam palmas, e torsos nus por causa daquele calor que torna a pele um velcro.

Uma vez lá em cima, uma fileira de garotas de franja cheias de suor levantava os braços. Tiramos a jaqueta para não transpirar mais e mostramos as estampas de nossas camisetas. Lá ao longe, as pessoas continuavam entrando e tirando peças de roupa. Ao lado da porta havia um bar, alguns compravam Fernet com Coca-Cola ou cervejas amarelas um pouco quentes. A temperatura era evidente na umidade dos copos. Lembrei-me do excesso.

Dos alto-falantes, duas vozes masculinas falavam sobre evitar o uso de fogos de artifício no local. Nunca segurei um rojão, sempre tive medo de perder um dedo. O fã-clube da banda ria às gargalhadas, passavam os cigarros de boca em boca, abraçavam-se compartilhando aquele suor. Ao nosso redor, a familiaridade já era excessiva, havia uma única voz. Respirei fundo e percebi que estava cercada por garotas que poderiam ser eu mesma, réplicas, clones. Ovelhas Dolly. Dentro dessa cúpula estávamos reunidos no ritual dos músicos, e acontecesse o que acontecesse, seria em torno de seus acordes. E em um instante, todas as luzes se apagaram e os gritos surgiram como se convocados por uma força maior.

Segurei as mãos de minha amiga, e os acordes da música número 1 do novo álbum começaram a tocar, a mesma que tínhamos cantado no trajeto de ida. Luzes roxas e amarelas se acenderam, criando aquela coloração de show no palco. Consegui ver as costas do cantor, um pouco rechonchudo, com moletom surrado e tênis de lona. Consegui ouvir os gritos de uma criança na área VIP da casa noturna, não sei como, mas ouvi.

O vocalista da banda começou a cantar e a festa se desencadeou. As mãos de meus parentes de cabelos com franja se levantaram como bandeiras, pude ver muitos abraços lá de cima. Impossível contá-los. Como uma cabeça cheia de lêndeas. A emoção do álbum de estúdio, reproduzido ao vivo com os corpos dos ouvintes. Fazíamos parte da carreira desses rapazes. Eles se emocionavam tanto quanto nós, sua fórmula musical estava funcionando. Eram jovens demais, mas suas ideias estavam surtindo efeito, como quem acaba de descobrir algo que sempre esteve lá, debaixo da mesa, mas agora tem um nome. Os músicos olhavam em nossos olhos e nos reconheciam tanto quanto nós os reconhecíamos. Éramos aquele espelho do armário de remédios, um reconhecimento natural.

Bati os pés no chão, me descabelei, golpeei as barras do parapeito. Como eram bonitas as coisas que o cantor dizia, quanta razão ele tinha, e como estava inspirado durante todo esse tempo.

Ele virou a cabeça e nos olhou. Vários gritaram, aplaudiram, se jogaram no chão. Se machucaram: não se importaram. Uma garota tirou toda a roupa, estava com calor, havia perdido totalmente a noção do que é íntimo. O cantor dava goles de cerveja durante os solos de guitarra, movia o microfone no ritmo.

Um dos rapazes sem camisa do fã-clube acendeu um foguete de cores neon, vermelho, verde. Não consegui distinguir. O olhar do cantor havia provocado aquela desobediência.

A noite terminou no horário marcado. Fomos comer um hambúrguer e eu voltei para casa, para dormir no menor quarto que um prédio poderia oferecer. Minha mãe dormia na sala em um sofá-cama de três lugares. Não sei se ela percebeu que eu já tinha chegado. Ela tinha uma filha muito jovem, mas não uma criança, e bastante precoce para fazer coisas de adulto. Antes de ir para a cama, olhei para mim mesma no espelho do armário do banheiro. Aquela era a pele do meu rosto, cheia do calor daquele local noturno, do cheiro de todos eles e de mim. Foi meu primeiro show de música sem adultos me supervisionando. A primeira expressão real de minha futura vida cotidiana.

O que aconteceu na noite seguinte envolve fogos de artifício cor-de-rosa, um tecido excessivamente inflamável no teto da casa noturna, a mesma multidão exuberante de potenciais amigos seminus cantando as músicas daquele vocalista da banda que escreveu em algum momento na mesa da cozinha, e muitos, muitos corpos cobertos de fuligem negra, equipes de bombeiros, ambulâncias brancas e verdes tomando as ruas laterais, mas também as avenidas, para chegar a tempo. Ambulâncias sem equipamento suficiente para salvar a vida dos jovens que esperavam pelo primeiro acorde de sua música favorita, aquela que relata a história da garota de franja grossa. Não era apenas a minha música favorita, era a de muitos outros.

Naquela noite, no menor quarto que aquele prédio poderia oferecer, acordei com uma ligação da minha irmã. Ela me contou sobre a paisagem de ambulâncias e o hospital público que ficava ao lado de sua casa. O que aconteceu depois foi a primeira sensação, um tanto abrupta, de estar no topo de um objeto alto e pontiagudo, tendo a certeza de que, a qualquer momento, um vento súbito poderia me derrubar. Meu coração tremia, e apertei as mãos da minha mãe. Fiz várias ligações. Percorri os corredores de alguns hospitais.

A manhã seguinte chegou sem que eu percebesse. Com a primeira luz, comecei a cair a uma velocidade muito lenta. A vida adulta. A vida cotidiana. Velórios de amigos jovens demais, cheiro de queimado nas roupas dos amigos que conseguiram escapar.

Depois veio o início das aulas. Os meninos e as meninas agora estavam silenciosos e cautelosos, como animais que viram o pior e não podem narrar porque não sabem como.

Às seis da tarde, batem à porta. Levanto-me da mesa da cozinha em pleno lusco-fusco e abro. É Nadia, com um sorriso amigável e um saco plástico cheio de chocolates de vários formatos. Como sempre, ela exige um relato detalhado do novo dia neste mundo de seu primogênito. Eu o dou. Nadia está feliz, me oferece doces, eu digo sim, como poderia recusar um chocolate com formato de guarda-chuva? Quando entro na cozinha, percebo que está aquecendo a água e me oferece um café. O ritual diário se repete. Marcos está completamente adormecido em seu quarto, abraçando um dragão que solta fogo pela boca, seu brinquedo favorito: algo inflamável. Quando Nadia se senta à minha frente, ela me pergunta como estou, respondo que estou bem. Suas pulseiras douradas batem contra a louça da xícara, o gole é breve. Ela me olha seriamente. Além de ser minha empregadora, Nadia acredita que é minha amiga. Me pergunta se estou bem e então tomo coragem e falo sobre a primeira queda, sobre os aniversários. Nadia olha para mim surpresa, nunca teria esperado esse arroubo de sinceridade.

Ela me obriga a tomar um gole de chá e eu obedeço: ainda estou no horário de trabalho. Nadia faz uma pausa e me conta que ela também ouvia essa música naquela época. Que sua música favorita também tinha violinos e que seu melhor amigo não conseguiu sair de lá. Olhamos uma para a outra e não dizemos uma palavra.

No mesmo instante, Marcos caminha em nossa direção, acabando de acordar, com suas calças de plush minúsculas. Nadia o pega e o levanta no ar. Ela o abraça tão forte que ouço o som do tecido de sua calça cedendo sob essa demonstração de carinho. Quando Nadia o põe de volta no chão, ele escorrega e cai. Ele não se machuca porque estava perto do chão, mas ainda assim chora, porque é uma criança e as crianças têm que chorar. Eu o olho, mas não o socorro. Nadia lhe pede desculpas. "Estamos nervosas", diz a ele. Marcos acaricia a cabeça no lugar em que se machucou. Lá fora, ficou completamente escuro e eu penso que é compreensível, que em algum momento todos começamos a cair.

ESTAMOS A SALVO

Estou andando de ônibus e, quando passamos por cima da linha do trem, paramos. Há muito tráfego a essa hora da tarde na zona oeste. À nossa frente, os carros não avançam, são nuvens de poluição. Depois de um tempo, o ônibus em que estamos enguiça. O motor dá um último suspiro. Entendemos o que está acontecendo. Também ouvimos a buzina do trem que nos avisa que está vindo. Então, o motorista da linha nos ordena, aos gritos, que desçamos. É uma emergência, estamos em perigo: a garota com sacolas de supermercado, o bebê que estava dormindo e agora olha e chora, o homem de mais de setenta anos para quem cederam o assento mais de duas vezes. Somos campeões em obedecer, descemos os degraus do ônibus dando pulinhos. Agora somos sete passageiros, parados na calçada, olhando o veículo vazio. Passam cinco, seis, sete segundos.

O trem toca a buzina cada vez com mais intensidade. Nós somos espectadores parados na calçada, com bolsas e mochilas, e o tráfego não cede.

O que acontece em seguida é que o trem San Martín colide com o ônibus vazio, e os assentos que havíamos deixado quentes agora estão destruídos.

Dados Internacionais de Catalogação na Publicação (CIP)
de acordo com ISBD

F113e
Fabbri, Camila

    Estamos a salvo / Camila Fabbri.
    Tradução: Silvia Massimini Felix
    São Paulo: Editora Nós, 2024
    152 pp.

Título original: *Estamos a salvo*
ISBN: 978-65-85832-41-0

1. Literatura argentina. 2. Contos.
I. Felix, Silvia Massimini. II. Título.
2024-1134   CDD 868.9932301 CDU 821.134.2(82)-34

Elaborado por Odilio Hilario Moreira Junior, CRB-8/9949

Índice para catálogo sistemático:
1. Literatura argentina: Contos 868.9932301
2. Literatura argentina: Contos 821.134.2(82)-34

© Editora Nós, 2024
© Camila Fabbri, 2022
Publicado em acordo com a Casanovas & Lynch Literary Agency

Direção editorial SIMONE PAULINO
Editor SCHNEIDER CARPEGGIANI
Editora-assistente MARIANA CORREIA SANTOS
Assistente editorial GABRIEL PAULINO
Preparação TAMARA SENDER
Revisão BONIE SANTOS
Projeto gráfico BLOCO GRÁFICO
Assistente de design STEPHANIE Y. SHU
Produção gráfica MARINA AMBRASAS
Coordenador comercial ORLANDO RAFAEL PRADO
Assistente comercial LIGIA CARLA DE OLIVEIRA
Assistente de marketing MARIANA AMÂNCIO DE SOUSA
Assistente administrativa CAMILA MIRANDA PEREIRA

Imagem de capa MARVOD | © iStock, Getty Images

Texto atualizado segundo o novo
Acordo Ortográfico da Língua Portuguesa

Todos os direitos desta edição reservados à Editora Nós
Rua Purpurina, 198, cj. 21
Vila Madalena, São Paulo, SP | CEP 05435-030
www.editoranos.com.br

Fontes ALPINA FINE, SIGNIFIER
Papel PÓLEN NATURAL 80 g/m²
Impressão IPSIS